# ZUI

Zestful Unique Ideal

最世文化
Shanghai ZUI co.,Ltd

SLIP INTO

OBLIVION

# 遗忘将至

李茜——著

CTS 湖南文艺出版社
PUBLISHING & MEDIA HUNAN LITERATURE AND ART PUBLISHING HOUSE

博集天卷
CS-BOOKY

那些在他生命中留下印记的人，一个接一个被遗忘，

如同时间长河中的一个个沙堆，千疮百孔，随波坍塌。

而他心底最重要最无可忘却的那个女人，也在所有人之后，迎来这最终的诀别——

"她推开我，一步一步向着海中走去，白色的背影带着我的整个人生记忆，

走向遗忘的海洋。"

# 目 录
## CONTENTS

# Chapter 01

# 半人

一个男孩可以有很多种方式长大，但他最不想的，是没有母亲在身边。

我从未见过我的母亲。

我是说，在出生后的那一刻，或者之后的几天、几周里，我也许见过她，感受过她的身体，吮吸过她的乳房……然后，我就成了某个纸箱的暂居者，在某个宁静的深夜，被放置在我父亲家的门外。

但是，谁知道呢，这一切只来自我父亲单方面的叙述，以及之后几十年我添油加醋的空想。

我的记忆中，没有我的母亲。

这并不表示我的记忆中就会充斥着我的父亲。

从我记事起，我就生活在弗尼亚乡下的姑妈家。这听上去会是个孤苦伶仃的故事开头。但事实上，也许是幼嫩年纪的无知无觉，或者是记忆的美化，我对那遥远时日的印象还不坏。

确然我是以私生子的身份来到世间，确然我的出现对我父亲和他当时妻子的关系带来了影响（但我猜测那并不是毁灭性的，证据是，他们在我八岁时才正式离婚），但对被放养在弗尼亚乡下的我而言，那冲击的余波到达时，只剩下"私生子"这样一个抹不掉的烙印，对一个三四岁的小孩而言，他的神经还没有敏感到能够体会这个烙印的彻骨。对那几年的我而言，"私生子"，无关痛痒。

我像一簇野草一样生长着。

姑妈家经营着葡萄园，为当地的一家葡萄酒厂提供原料。但直至今日，我对葡萄酒依旧知之甚少。没有人告诉我什么样的葡萄适宜酿酒，什么样的环境适宜培育出那样的葡萄……那是葡萄园继承人才应学习的事，而我，我是无关痛痒的人，我是外来者，我是野草。

我只记得无数次跑过绵长的葡萄架隧道，燥热的阳光炙烤着我的脸，汗水渗透棉布衬衫，皮肤晒得通红。我一次又一次地跑着，或许是在玩耍，或许是要躲避追逐，或许，只是想消磨无所事事的时光。

而未来的葡萄园继承人，我姑妈的儿子，我的表哥，大我十岁的男孩，像大部分那个年纪的男孩一样，躁动、凶猛、自大、无知。

我的到来并没有夺走他从父母亲那里获得的粗糙而泛滥的爱，毋宁说，我的到来令他们一家有了共同针对的对象，松散倦怠的家庭关系甚至因此紧密了起来。

未来的葡萄园继承人，他有着稻草一样的头发，脸颊上长着雀斑，牙齿参差不齐，笑起来像万圣节的南瓜。他穿着被汗水浸得发黄的旧衬衫，袖子卷到麦色的小臂上，下摆别进黑色长裤里，坐在路边，和几个类似穿着的同龄朋友一起，时而推推搡搡，时而对着路过的女孩吹口哨，一副嬉皮笑脸的样子。

我一直觉得他是个胆小的人。

尽管他有着嘹亮的嗓音，结实的肌肉，早早地就像个粗鲁的成年男人一样抽烟、喝酒、下流地谈论女人，迫不及待地想要成为男人，想要融入成年男性的世界，可在我看来，那只是并不高明的模仿。

我知道他想要隐藏的自己是什么样子。

或许，在他的生命里，会感谢有那么一个私生子小男孩的闯入，令他偶尔真实地活过，尽管是以不那么符合道德的方式。

但私生子毕竟只是家庭内部的涟漪，对外，这是一个家庭成员共同守卫的秘密（所以我始终认为我的存在，是令这个家庭紧密的黏合剂）。他们赋予了我一个歪曲的身份、一段悲情（拙劣而戏剧化）的身世——父母在车祸中双双罹难的可怜孤儿，被好心的远房亲戚收留——就因为这个，我始终认为我写作上的才能绝非遗传自我父亲一族。

但这拙劣的创作却激发出了父亲一家潜藏的表演天赋。我无数次地见证了姑妈在向外人讲述这个故事时入木三分的演技，眼含泪水而不滴落，表情悲戚而怜爱，连嘴里呵出的叹息都赋予了起承转合。相比之下，我姑父的表演技巧则粗糙许多，当不上与他的妻子同台较量。但姑父很快找准了自己的定位，这部戏里只需要女主角——我的姑妈——就可挑起大梁，而他，老实地做一个沉默抽烟的配角——或者是某种意义上的道具——足矣。

而未来的葡萄园继承人，我的表哥，凭着本能出演了捣蛋鬼的反派角色。他是第一个叫我"私生子"的人（尽管刚开始时我还不明白这三个字的含义）。他最娴熟的表演，是每次我姑妈开启这幕戏剧时，他躲在声情并茂的母亲身后，冲我做着鬼脸，比出"私生子"三个字的口型。最妙的是，他总是能将这个词的音量控制在一个让我和他母亲都听见，而外人听不清的精确数值里。这个范围把控之完美，让听得到的人瞬间倒吸一口冷气心跳加速，等发现外人没有听到之后又如释重负长舒一口气，这一起一落，实在将人心把玩于股掌之间。他是一个天赋出众的演员，一直以来都是，他的一生都在致力于扮演一个"不是真正的自己"的角色，而少年时对私生子做出的嬉笑的捣鬼，反而是他人生中屈指可数的真实。

至于我，我不是演员，不是道具，我是这幕戏从始至终（迫不得已）最虔诚的观众，我是摄影机，用我的眼和我的记忆，拍摄下了这个家庭唯一的共演。

而我的父亲，则更与此无关了。不，这样说也未必客观，他或许也是参演过的，演过一个无关紧要来去不定的过客，一个与我毫无关系的人。

在我离开葡萄园之前，他保持着一年回来一到两次的出场率，作为葡萄园女主人的弟弟，未来葡萄园继承人的舅舅，在遥远的大城市成婚定居，偶尔独自回来探望姐姐一家，从未有人看他带妻子回来，邻人催促他该要个孩子时，他便客气地笑一笑而已。

除此之外没有了，再没有了。

我是在十岁时才确切知道，这个人是我的父亲。此前的十年，我都跟随着未来葡萄园继承人一起，叫他舅舅。

他表明身份，要带我去城市。

我并没有特别吃惊。因为此前几年，我长得越来越像他。无论我姑妈一家的演技如何精湛，在弗尼亚乡下那狭窄的人际网里，仍时不时会有流言蜚语如小虫般飞舞在网间，等待蜘蛛的捕猎。尤其当我父亲每次回来时，窸窸窣窣的碎语便旺盛起来，一茬儿接一茬儿，仿佛夏日雨后的杂草。

但我没有因此撺掇自己加入这隐秘幻想的行列（对那时的我毋宁说是妄想更为恰当），没有因为自己其实不是父母双亡的孤儿而心生感激，没有想试探性地打听自己真正的身世，没有想不自量力地与那个可能是父亲的人相认。

我不及十岁的身体里仿佛已住进了一个老灵魂，它不动声色地观察着周遭的一切，不为所动。

父亲要带我去遥远的城市，姑妈帮我收拾了一小箱子行李，穿旧的衬衣和沾着泥点的长裤，小学课本和文具。父亲说去了那边都会买新的，学校的课本也不一样，不用带了。姑妈脸上露出复杂的神情，将上衣裤子重新拿出来，挂在衣柜里。

我离开前一天的那个正午，未来的葡萄园继承人带我去葡萄园。漫长的葡萄架隧道，他走在前面，头发剃得短短的，露出晒得黝黑的脖颈，宽阔的肩膀架着发黄的棉布衫，我要仰高头许多才看得到他刺刺的头顶。我是在那个时候才忽然意识到，未来的葡萄园继承人，他已经是二十岁的成年人了。

他读完了高中，回到葡萄园，像所有人预想的那样，正在从一个未来的葡萄园继承人，逐渐学习成为一个称职的葡萄园经营者。二十岁的他，高大、结实，棱角分明的脸，只有笑起来时眼睛会有食草动物一般温和的光。除了白天在葡萄园劳作，夜晚他的大部分时间都混迹于酒吧和夜场，和那几个从小一起长大的狐朋狗友，以及更多臭味相投的男人，喝大量的廉价啤酒，肆意地谈论女人，为电视转播里的球赛高声咆哮，醉醺醺地坐在路边，同伴们对着路灯下经过的穿着暴露的女人谩骂嬉笑，而他低头垂眼，一声不吭，似睡非睡。

他带着我走到葡萄园正中，前后都是无尽延伸的葡萄架，姑妈家的房子缩为尽头处的黑点。四下寂静，静得能听到阳光暴晒的声音。白晃晃的日光当头劈下，没有一丝风，葡萄架沉默矗立，像一条条绵长的幕布。

我们停在狭窄的葡萄架间隔当中，彼此离着一步远，他背对着家的方向，低头俯视我，眼睛被阳光刺得半眯起，浓密的睫毛含住瞳孔里的碎光。一颗颗汗珠顺着他的脖颈流进他半开衬衫领口下的胸膛，喉结滚动，脸涨得通红，鼻息粗重。葡萄架在他身体上投下斑驳的光与影，他像一只刚刚挣扎出茧的蝴蝶，身体震颤，扑扇翅膀。

他看着我，最终不再看我。

他伏在地上，大口喘息，像是溺水者绝望地求生。

我等待着他像以往那样整理好衣服，站起来，脸上的红潮已渐渐消退，沉默地转身，沿着来时的路回去，仿佛我不再存在。可这一次，他迟迟不起身，整个身体匍匐在泥土上，仿佛朝圣者，又仿佛认罪人。

含混的、竭力压抑的哭声像墨水一样渗透进雪白的日光中。

阳光如针尖般覆盖了我的眼，我感到一阵眩晕，脑中嗡嗡作响。我等得不耐烦了，挤过被他匍匐的身体占领的狭窄间隔，往回走去。

我没有回头，他没有起身。

我跟随父亲去了遥远的城，很多很多年，没有再回去。

父亲在我八岁时和那个我从未见过的前妻离了婚，重回单身汉的行列。两年后他来接我走，并不是因为良心发现，而是因为他准备再婚，而结婚的对象希望找一个离异有孩子的男人，我因此对父亲而言才有了存在的价值。

我父亲生得十分讨女人喜欢，有一张电影明星般让人过目不忘的脸，以及高大挺拔的身材。他正是凭此才能从曾经的葡萄园继承人变成了遥远城市里的一只蝴蝶，在女人组成的花团锦簇中翩翩飞舞。但也不能因此认定我父亲毫无本事，他人生大部分的精力都花在了如何讨女人欢心的学习与实践上。他有着灵巧动听的言语、温柔泛滥的眼神、敏锐机警的心，却偏偏不露一丝谄媚讨好。若女人可以作为他的事业，那么他算得上一位成功的大师。

他是女人的迷魂药，是妻子的毒酒。他的第一任妻子，经历过丈夫的若干外遇，以及一个抹杀不掉的私生子，结婚十一年后终于与他离婚，他们没有孩子。而他的第二任妻子，也就是十岁的我即将见到的那一位，叫黎。

黎来自一个富有的家族，父母离世后她作为独女继承了庞大的产业，仿佛在社交圈所有单身男子心中投下了一枚原子弹。而那时已回归单身汉行列的我的父亲，是社交圈的宠儿。但我始终觉得，黎不爱我的父亲，她之所以选择了他，只是他恰好符合了她那些怪异的择偶条件。

我并没有马上见到黎。到达城市后，父亲请了家庭教师纠正我的行为举止和发音言谈，想要磨掉我身上那些扎眼的粗粝的葡萄园气息。一个月后，我穿着量身定做的小西服，跟随父亲前往黎的住所。

那是一幢古老而庞大的城郊别墅，父亲开车通过镂空的铁门，成片的树木掩映着道路尽头的白色建筑。开门的是上了年纪的管家，戴着金丝边眼镜，穿着笔挺的黑色礼服，彬彬有礼地让我们在客厅坐下。

高跟鞋叩击着木质地板，我和父亲闻声回头，看到从楼梯上走下的黎。

黎穿着黑色粗呢套装，白色束带衬衫，头发工整地盘在脑后。她有着一副相较于普通东方女性要高大丰腴的身材，脸孔五官如古希腊女性雕像般立体优美，更像是西方血统的女人。

她停在楼梯的第一阶，没有热情地迎向我们，而是用一种近乎主人对仆人居高临下的姿态看着父亲和我。父亲立即站起身，走到楼梯旁，拥抱并亲吻她的面颊。直到这时，黎才直视我的父亲，她的未婚夫，眼神里没有恋爱中女人的炽热滚烫，她平静地注视我父亲，嘴角翘起一丝生分的微笑。

一个月后，他们举行了婚礼。我作为年纪稍大的花童，和一个来自黎家族中的小女孩一起，捧着那漫长而疯狂的巨大头纱，走过教堂的地毯。走道两边一排排伫立着婚礼的参加者，每个人都穿着得体精致的礼服，他们注视着身着白色婚纱的黎与她身边站得笔挺的男人，神情肃穆得如同在参加一场葬礼。

或许他们是在哀悼些什么，一个三十五岁的富有女人的第一次婚姻，给了一个财富并不与之相匹配的离异男人。但他们看向我的父亲，目光中又多了一份情有可原。那一天我的父亲扮演着梦幻一般的男人，英俊、深情、风度翩翩，为这场不匹配的婚姻，注下了使其得以合理解释的砝码。

那么这些婚礼出席者究竟在哀悼什么呢？是在哀悼我吗——一个富有的三十五岁的女人，爱她英俊的丈夫如此之深，竟然可以容忍这个离异男人带来的孩子。可是，当他们开始生活在一起，她会如何对待这个此刻跟在她身后捧着头纱亦步亦趋、表情麻木的十岁男孩呢？

我透过层层叠叠的半透明头纱看着走在前方的黎，她那繁复精美的婚纱背面有着巨大的镂空设计，一直延伸至腰部下方。我的视线刚好收纳进她后背微微凸起的肩胛骨，她走一步，那道深刻柔软的背沟就仿佛要向我滑来。

我想起我此前见过的女人们和被各种衣服包裹的她们的身体。姑妈那臃肿庞大的身体，腰间的赘肉像满溢的果篮。弗尼亚乡下女孩们颀长健壮的身体，黝黑的皮肤在日光下闪闪发亮。还有此刻走在我身边的小女孩，六七岁的年纪，穿着白色的公主裙，头上戴着粉色小花编织的花环，扑闪的大眼睛，如同洋娃娃一般圆润稚嫩的身体。可是这一切，都不及眼前那道凹下去的弧线，那向我滑来又游走的弧线，仿佛一条吐着芯子的白色小蛇，蜿蜒着、扭动着，引我发现伊甸园中红润诱人的禁果。

我感到一阵突如其来的前所未有的饥饿。

我住进了那庞大的城郊别墅，在二楼，我有一个宽敞的属于自己的房间，旁边是黎的卧室，而我父亲的房间，则在二楼的尽头。我父亲对此没有异议，或者说，在他走入和黎的这段婚姻开始，他便是一个无声的哑者。

寂静，是这幢房子里最日常的声音。

夜晚，我成了一只听觉异常敏锐的幼兽。我听见黎的卧室门打开，关上，又打开，关上，远处父亲的卧室门打开，关上。有时候，顺序则反过来。我听见黎卧室里的大床在跳舞，而她发出的声音像在伴唱。我见过那张床，在白天，我将遥控玩具车故意开进了黎的卧室，然后借此踏入了这与我的房间仅有一墙之隔的神秘之地。黎的床很大，足足有我的床四倍大，但那并不像一个女人躺的床。连我葡萄园的姑妈那张摇摇晃晃的旧床，看上去都要比这张床显得蓬松柔软。

黎的床上铺着灰色的床单，蜿蜒着无数道细碎的褶皱，扭动的折痕让我想起婚礼上她背对我的那条柔软的背沟。我扔下遥控汽车，踢掉鞋子，爬到床上，用脸贴近床单上的曲线，闻到淡淡的体温的味道。

我想起黎的睡衣，一件黑色的丝质睡袍，还有同等质地样式的白色、紫灰色睡袍。但此刻她应该穿那件黑色睡袍，丝质的面料反射出柔滑的光，像一尾摆动的鱼，游弋到这灰色的海中，游弋在我身边，悠然地摆动尾巴，湿润光滑的鱼鳍贴近我的手臂，然后又游到我的腿上，鱼冰凉的身体，游荡在我燥热的身体上，像冬天里嘴唇间呵出的白气，一点热流，扩散向冰冷的荒野，消失无踪。

我喘着气，等呼吸平稳，才慢慢从黎的床上起来，穿好鞋，捡起玩具汽车，回过头，灰色的床单上增添了几道重重的折痕，叠压在原先细碎的褶皱里。我突然感到心脏像被重重一击，连忙埋下头，迅速离开了黎的卧室。

一年后，父亲将我送进了寄宿制的私立中学。

我离开别墅那天，黎送我到门口。她穿着白色的衬衫和卡其色的丝质长裙，也许是颜色的关系，让她看起来柔和了许多，尽管还是那样少言，甚至当我坐上车，她站在窗外，只单调地说了一声"再见"。

司机启动汽车，父亲坐在我身边，而我隔着车窗回头看向愈渐退去的黎，难以忍受的饥饿感像猛兽一样在我体内搅动起来，一个巨大幽深的空洞仿佛坠入我脑中。

六年的中学生活仿佛都被这黑洞吞噬进去，以至于我回想起来，只有大片的空白。我对读书并无太多兴趣，也不热衷于学校活动，只想做一个沉默寡言的隐形人。然而，由于我继承了父亲的容貌身材，以及那从未见过面的母亲的女性化的眼睛和苍白的皮肤（当然，这源自我的猜测），令这副皮囊成了扰乱我安静的元凶。

我不断被十几岁的女孩们像猎物一般追逐，她们有的还如小女孩般瘦削伶仃，有的正处于青春期的暴长，但无一例外都有着一张被荷尔蒙写满公式的脸孔，她们闪烁着母狮一般贪婪饥饿的眼，匍匐在校园的每一个我经过的角落，铺开猎网，蓄势待发。

而母狮们身后，追逐而来的是一群发情的公狮，这真是更加丧失理智的族群。相比起女孩们摇摇欲坠的矜持，十几岁的男孩们身体正拔节而起，思维却失去了年幼时懵懂无知的庇护，打开了原始动物性的天国之门。

或许我不该如此描述，确然我也是他们当中的一员，站在半开半合的天国之门外，好奇而跃跃欲试地窥探门内的世界。但我的的确确是和他们不同的，他们门后的天国里，是数不尽的同龄女孩的甜梦，而我的天国里，只有一个年长我二十五岁的女人，一个我需要称呼为"妈妈"的女人。

我想念那些仅有一墙之隔的床的舞蹈和黎的伴唱。

每年的寒暑假，当我出身富庶的同学们在国外度假或者忙于社交时，我却永远窝在城郊的别墅里，珍惜着每一个夜晚。那时候，我父亲和黎的卧室门已经很少在晚上开合，床的舞蹈与黎的伴唱也近乎绝迹。夜晚像一个醉酒的巨人，轰然倒下，酣睡无梦。

而我父亲则选择在许多个夜晚潜入了别的女人的梦。他令别的女人的床舞蹈，令别的女人哼唱。他已经不再年轻，但仍然有那么多的女人前赴后继地臣服于他。黎对此视而不见。

再回到学校，我依然是众矢之的。我想出了一个拙劣的方法来转移别人的注意力，我和一个同龄的女孩在一起，她叫琳。

我不喜欢琳，我甚至已经全然想不起她的长相。之所以选择她，只是因为她安静而普通。琳承担了母狮们狂热的嫉妒，平息了公狮们针对我的寻衅。我像亲吻一个布娃娃般亲吻她的面颊和嘴唇，抚摸她黑色的长发，仅仅如此，她已满足得发抖，不必像其他男孩那样费尽心思地讨好女孩，绞尽脑汁地编织可笑的情话。我和我的布娃娃度过了高中的最后时光，然后，没有丝毫留恋地与她分道扬镳。

父亲要送我去国外上大学。我看着镜中的自己，八年的城市生活已然洗去了前十年的尘土气味，葡萄园终年的暴晒留下的麦色皮肤，也被别墅或校舍里的幽暗日复一日地漂白。十八岁的我，纤细、孱弱、苍白、空虚、浅薄，无所事事，无以为继。这具空有皮囊的愚蠢躯体，即便流放到更加遥远的异国他乡，度过的也依然是那样不知所求的时光。

在我准备启程时，在离开葡萄园八年后，未来的葡萄园继承人，我的表哥，死了。

我是在这时候才想起，未来的葡萄园继承人——哦不，那时他已经成了葡萄园的实际经营者——已经二十八岁了。

未来的葡萄园继承人（原谅我已经习惯了这样称呼他），在距离葡萄园两个小时车程的小城市的一家旧旅馆里，用一根绳子结束了生命。

没有人知道他自杀的确切原因。那些与他一起劳作一起喝酒的粗犷男人沉痛地回想着与他谈论足球或者女人的时光，我的姑妈在悲痛欲绝中不小心撒落一沓为始终不肯结婚的儿子准备好的适龄女孩的照片，我的姑父站在院子里抽烟，夹在两指间的烟烧掉了大半根，他却无知无觉。贯穿未来的葡萄园继承人的一生，这些人由始至终都未知晓，他不是他们中的一员。

我没有去葬礼，父亲去了。他回来后描述着他的姐姐，我的姑妈一夜之间的白发与哭得血红的双眼，我迅速地转身回房间，关上门。

我躺在床上，想起他。想起不是未来的葡萄园继承人的他，不是假装对着女人兴致勃勃的他，不是二十八岁的他，不是已死的他，而是那个在正午时分，烈日之下，燥热的葡萄园当中，只敢在一个小男孩面前卸下伪装的少年。

也许，他只是发现，从少年成长为青年，他依然不得不扮演着那个深入骨髓却又违背本性的角色，他忽然意识到，漫长的未来，他将继续扮演这个角色直到中年，直到老年，直到死亡降临。那时，还会有一个苍老的女人，几个相貌酷似他的中年人，一群半大不小的孩童围绕在他的坟墓前，为一个他扮演了一辈子的虚假角色，真心哭泣。他只是想到这些，然后长驱直入的绝望便扼住了他的咽喉。他以为这种扮演会有终结的一天，他以为只要挨过青春岁月就能在步入成年之后彻底卸下伪装，可是，当成年了很久之后，他终于发现这一天不会到来。只有死亡能让他停止这漫无止境的扮演，只有死亡，能让他寻回一个永恒沉默的自我。

那么，就死去吧。

我放弃了出国，继而放弃上大学。我父亲头一次摆出一副"父亲"的姿态，暴躁而焦虑地质问我，有什么打算。

然而我毫无打算，只是不想沿着所有人都在走的路去走。

我父亲自然不肯接受如此单纯的说法，他拙劣地模仿着普通父亲会有的举动，谩骂、冷战，以切断经济供养作为威胁，在依然不奏效之后，他真的不再给我钱。我看着他第一次如此投入地表演一个父亲（不得不说，他和他的姐姐一家都钟爱于以现实为舞台自我陶醉式的表演方式，这大概也是一种遗传），有些无趣地发觉我父亲倾尽全力也只能"模仿"到一个平庸父亲的程度，他的智力（或者说能力）不足以令他成为一个优秀的父亲，哪怕仅仅是模仿一个优秀的父亲而已。他毕生的精力或者说成就，是作为一个频繁喜新厌旧的情人，一个猎艳高手，一个将一群愚蠢女人玩弄于股掌间并以此为荣的愚蠢男人。

我畅快地在内心中腹诽着自己的父亲，但隐隐地，我又不想把黎归为被这个愚蠢男人所玩弄的女人中的一个。黎是不一样的，是吧，是吗。也许愚蠢的只是我而已。

我找了一份杂志社打杂的工作，复印文件，端茶送水，是些不需要脑子就能干的活。在那里我认识了简。

简当时二十九岁，是杂志社的编辑，瘦削，剪着小男孩式的短发，却奇异地是个风骚的女人。这评价并非贬低，只是陈述一种反差。她有着寡淡的五官和一副禁欲的气质，而外表之下，却是一座随时随地喷发出甜腻冰激凌熔岩的火山。

她热爱男人，或者说，她热爱与男人们调情撩拨的自己。她自然是不讨所有女人喜欢的，同时大部分男人幻想着免费品尝她，却在私下的言谈中轻鄙她，以此来证明自身的高姿态。但她太聪明，她总能约到那些别人拿不到的优秀稿件，别人对此无可奈何，只能背地里议论她肯定又是用身体做来的一桩买卖。

简很快找上了我。与中学时那些荷尔蒙激涨却又羞涩矜持的女孩不同，她像商人一般精明而不动声色地推销自己，像沉迷于一具精美雕塑一般把玩着勾引的艺术，我从未见过这样的女人。

我好奇这个女人，便默不作声地被她带入游戏，却并不为同她玩得尽兴，只是作为一个看客，看她会如何游戏于人，又是如何游戏于己。

在一个精疲力竭的深夜，在简的公寓的床上，我谈起了自己的经历，那是我头一次向别人讲述我的过去，这些事就算我的父亲也未曾知晓。但不同于初次吐露秘密时会有的紧张停顿，我说得很是流畅熟练，仿佛排演过千百次一般。我确实排演过千百遍，在我心中，在我脑海，我对着脑中的一个人千百遍地想要袒露内心，那个人是黎。尽管现实中，她一无所知。

简倚在床头抽烟，静静地听我说完，故事的最末，她饶有兴味地歪头看着我说，你该把这些写下来。

那是我成为作家的，最初的原因。

我并没有将过去的经历如数照搬地写下，而是将它粉碎为若干碎片，糅进不同的故事里。我写了一些短篇小说，都获得了发表，就发表在我打工的杂志，那之后我便不再在杂志社工作了，而是专心写作。很快我获得了一些小小的名声，当我出版第一本长篇小说时，这名声像是被施了魔法，呈几何倍地扩大开去。

但所有人都心知肚明，真正令我光速般成名的是什么。

我第一本书的封面，是一张我的照片，简给我拍的。那并不是什么惊世骇俗的设计，我躺在床上（也就是简的公寓），背景是白色的没有任何装饰的墙壁，黑色的被子盖住部分身体，眼睛空洞冷漠地看着镜头。

那只是简随意的抓拍，我甚至没有意识到她在拍照，便已完成。后来，看着洗出的照片，简说，你知道吗，你的脸在面无表情的时候，是能让女人发狂的。

不顾其他编辑的反对，简执意把这张照片作为了我第一本书的封面，一切如她所想要的，那本书（确切地说应该是那张照片）引起轰动和争议，我成名了，在二十一岁时。

发生在同一年的还有一件事，我的姑妈死了，死于伤心过度。我的父亲再次去葡萄园出席葬礼，而我再次没有前往。

我太早获取了众人毕生追逐的声名利益，以至于不知如何挥霍，我的父亲和继母对文学毫无兴趣，也从未缺乏金钱，我的一夜成名，对他们而言并无太大意义。最终，看重这件事的人是简。

她携我广结名流，我（和她）的社交圈中疯狂地拥入了各类作家、艺术家、社会名流、达官显贵，接着她再将这样的新闻贩卖给迫不及待的媒体。很快，我的名声不再只限于作家之内，没有阅读兴趣的人照样对我的社交生活有所耳闻，对我个人的关注和宣传远远盖过了我的作品本身，而这样的模式将贯穿我的一生。

我和简并没有因此成为恋人，她在我扩张的社交圈中猎获了更多的情人，我也许算得上她的情人之一，但也仅此而已。

我相继又出版了几本书，每一部作品，包括出道时的短篇小说都被买下了改编版权，我也由此涉足电影界，参与电影剧本的改编，紧接着，电影明星、导演、制片人……另一个圈子的大门也向我敞开。

那几年的经历如万花筒般繁复缭乱，五光十色，却又一晃而逝。每一天都是疯狂的，每一天又都同样地乏味，我并未从中获取多少深层的快乐，只是被表面的快感死死扼住，动弹不得。我正在变为简那样的人，聪明，虚浮，沉迷欲望，玩弄人心，永不知足。

我就这样活到了二十五岁。

那时我曾预言自己活不过五十岁，所以当二十五岁到来时，我意识到自己已经度过了人生的一半。我不知道应该庆祝还是哀悼，尽管这两者采用的方式一模一样。甚至发生任何事，产生任何心情，我，以及我周边那往来不息的人群，都只会以同样一种方式度过，那就是狂欢，无止境地狂欢。

狂欢成了常态，如果哪个人在狂欢中死去，我们会由衷地羡慕这死亡，然后以更大的狂欢祭奠这死亡。

怨憎会，爱别离，五阴炽盛，求不得。

我想象未来一半的人生仍将这样度过，日复一日，直到感官因为反复的刺激而彻底麻木，直到思想因为长久的疏离而永恒停滞，直到身体衰退，直到灵魂污浊，直到空虚吞噬了我，将我送入暗之地狱。

我远离家庭，没有爱情，没有真正的朋友，情人像旋转木马那样一个一个经过又离去，甚至连情人都不算，因为，我丧失了一半生而为人的感情。我成为比父亲更加轻浮愚蠢，比死去的未来葡萄园继承人更加懦弱胆小的人，继而我甚至已经开始模糊了对他们的记忆，一切都像清晨的海岸潮水般退去，简、琳、黎、父亲、未来的葡萄园继承人、姑妈和姑父、我的亲生母亲……一切退为混沌，退为虚无，退为原点，退为——

不再拥有记忆之人。

　　若没有记忆，人也不再完全，只是一种非人非兽的中间态。

　　我在度过了一半人生的时候成了半人。

# Chapter 02

# 孟和乔

"——我在度过了一半人生的时候成了半人。"

孟停住，等待。

等待什么呢，是潮水般将之淹没的掌声，还是戏谑的嘘声，或者是沉默，意味不明的寂静？

稀稀拉拉的掌声响了起来。

这不在他的预期中，嘘声或寂静都比这寥落的施舍意味的掌声要来得尊重。

他抬起头，注视台下的人群，读者、记者。

闪光灯并不密集，甚至称得上稀疏。

人们的脸上是一种整齐划一的、难言的平静，没有震撼，没有感同身受，也没有鄙弃。

孟感到双腿发麻。

一旁的主持人报以虚弱的笑容："谢谢孟先生和我们分享了他的最新小说《半人》，读者们有什么想和孟先生交流的吗，请举手示意我。"

话筒被递到一个女孩手中，年轻的、略带羞怯的脸。

"您好，孟先生，我想问，这算是您的自传吗？您已经到了要靠出卖个人经历来维持创作的地步了吗？"——发出的问题却攻击意味十足，这伪装的食人花。

人群中也被搅动起小小的喧哗。

孟挑起微笑，那种惯常的、摄影机喜爱的微笑："从某种意义上来说，作家这个职业从来都是靠出卖个人经历为生的。无论他们写的是什么类型的小说，现实也好，幻想也好，都不可能完全不掺杂自己的人生经历和体会。只是这种个人经历，可能被拆分成无数碎片，分给作品里的许多个人物，也可能被想象力层层包裹，成为超现实的存在。至于这本《半人》——"孟举起手中的新书，将封面准确地面向摄影机，"我对它的定义还是小说，或者说是有虚构成分的自传，但绝不是传统的传记。"

一个中年女人接过话筒："为什么只写到二十五岁？"——不太有礼貌，但问的问题很温和，温和就是无意义。

"因为'半人'这个想法。我已经五十岁了，有一天突然想到，每个人都是怎样看待他人生的一半呢？十二岁的孩子会怎么回忆他从出生到六岁的经历，二十六岁的年轻人又会怎么看待他长到十三岁时的过往？那我呢，五十岁的我要怎么回忆我二十五岁以前的日子？写作这本书的灵感就来源于这个想法。"

又有几只手举起来，主持人指向后方一个戴眼镜的男人。

"孟先生，据我所知，您是在二十五岁时遇到了您的妻子，您之所以只写到二十五岁，是不是因为不想涉及您和妻子的过去？"

孟这才看到男人胸前挂着的记者证，他微微扫向旁边的主持人，看见她一脸平静，她是故意的。

孟再次将书的封面转向摄影机："就像我前面回答的，《半人》这本书的写作灵感来自对一半人生的回忆。我和乔相识在了我一半人生之后，所以她没有出现在这本书里，可能这是一种天意，也可以说，和她的相遇开启了我的后一半人生，大家如果感兴趣，那可能我要写的就不是《半人》而是《后半人》了。"

笑声。

工作人员示意那个记者将话筒传递给旁边举手的人，但那男人仍不死心，声音经由麦克风像驱赶不走的苍蝇盘旋："众所周知，您的妻子息影之后就再也没有在媒体上露过面，我们所有人都很关注她的情况，您能借这个机会和我们分享一下吗？"

孟的眼神终于冷了下来："是所有人，还是，只是你？"

主持人试图敷衍过这尴尬的一幕，然而在她开口前，孟已再次出声："我妻子既然选择息影，就是选择放弃演员这个身份，放弃被镁光灯追逐，放弃被像你这样的记者盘问，回到普通的生活，过平常人的日子。我从来没有听说过娱乐记者会对普通人感兴趣，不如等你转行做社会记者以后我们再聊？"

窸窣的低笑声。

工作人员快速从记者手中抢过话筒，主持人迫不及待地想要结束提问："好，最后一个问题。"

一个大学生样子的年轻男孩举手："孟先生，你好，你三年前出版了《浮光掠影》之后，因为里面涉及了很多名流社交圈的秘密，传言你被排斥出了上流社交圈，你后悔过写这本书吗？"

哗然。

主持人讪笑："今天是《半人》的新书发布会，我们还是把注意力集中到新书上吧……"

孟接过主持人的话："没关系，我可以回答这个问题。作家存在的意义，首要就是'观察者'，他永远处于这个位置，观察别人，观察生活，观察世界，当然也要观察自己。若一个作家放弃了观察，那无疑也就是放弃了'作家'这个身份。观察，然后创作。对我来说，不存在什么上层下层，不存在什么圈内圈外，所有人都是我观察的对象，熟人、朋友、亲人……所有人都可能成为我创作的素材。很多人可能无法接受这种想法，觉得这是一种伤害，是用别人的隐私满足自己的创作欲望。但是很抱歉，如果不这样做，就无法成为一个好的作家，一个真正的作家。作家就是这样一群自私冷血的生物，但大家也不必畏惧作家，如果有人可能被这种冷酷所伤，那么伤得最重的必然是作家自己。因为时刻在被观察、被剖析，最无隐私可言的是'自己'这个存在。作家的公平正体现于此，对待自己正如对待别人一般冷静残酷，不，可能远远比对待别人更加残忍。正如我的新书《半人》一样，最重要的观察对象正是我自己。在座的诸位，你们有勇气像一个作家一样直面内心最不堪的部分吗，你们有勇气像一个作家一样将心中最羞耻最不可告人的欲望坦然付诸笔墨吗？不要美化作家，诸位，作家不是圣人，不是智者，不是明星，冷酷、自私、残忍、凶狠，然而勇敢，超越大部分人的勇敢，这才是作家。"

孟看着车窗外流经的景象，不想再去回想那场乏味的灾难般的新书朗读会。

"《半人》这本小说里有多少是来源于你的真实生活，多少是虚构的呢？"

"里面出现的亲生母亲、姑妈、黎、琳、简等女性角色形象都有些模糊，尤其是作为男主角性幻想对象的黎，形象十分单薄，更像是一个符号，请问你是有意这么创作，还是对这个角色或者是说这个角色在现实生活中的原型有所顾忌？"

"所有出场人物中，最令人印象深刻的角色是'未来的葡萄园继承人'，这个角色对于主角的意义是什么？现实中有这个人物的原型吗？他对你是否也产生了深刻的影响？"

——这是孟预想中会遇到的提问。

现实无疑与他的预想背道而驰，那些愚蠢而不怀好意的问题，那些潜入的娱乐记者，他们想问的只有乔。

可是，他不是应该早已习惯了吗？和乔的二十年婚姻，她的光环始终盘旋于他们之上。即便没有乔，从他发表第一部小说以来，他受到的关注又有多少是真正因为他的作品？——"对我个人的关注和宣传远远盖过了我的作品本身，而这样的模式将贯穿我的一生。"——他自己已经在书里写得明明白白了，不是吗？

另一方面，那记者的提问却又让他安了心。他们还在追问乔的近况，也就说明，他们并不知道乔现在的状况。

他示意司机："去医院。"

汽车驶上高架，汇入茫茫车流中。

医院位于距离城市三十千米开外的山中，对外宣称是疗养院，实则是一间隐秘的私人医院。出入里面的病患非富即贵，诊费高得惊人，当然技术和环境也物有所值，并且对病人的身份、信息实行严格保密。

但对孟而言，那里形同监狱。

乔住在里面已经三年了。

距离上次去探望，已过去一个月，但乔还是那个样子吧，昏沉的、抑郁的、健忘的。

乔被确诊阿尔茨海默病六年了，五年前她宣布息影，为了躲避媒体，他们迁往城郊的别墅居住。随着病情的加重，孟终于疲于应付，将她送入疗养院性质的医院，或者说是监狱，囚禁。

他当然知道这样做很冷酷，但他宁可残忍，也不想终有一天因为长期的彼此折磨而变得憎恨且疯狂。何况，对于这一时残忍的记忆，乔也会很快忘记吧。

乔六十岁了，比他大十岁。当初他们的婚姻并不被看好，一个女演员和一个作家，两个不理智的族群心血来潮的结合往往没有好结果，最著名且最具说服力的例子是遥远时代的玛丽莲·梦露和阿瑟·米勒。

但乔从来不是梦露那样令人神魂颠倒的尤物，而他也不是米勒那样背叛家庭的被诱惑者。他们的婚姻持续了二十年，并且，将持续到死亡降临之时。这是当初以此作为谈资的人没有想到的。

　　孟和乔，他们成了幸福忠贞婚姻的典范，但同样没有人想得到，他们的关系曾经确实岌岌可危，最后的这六年，维系这段婚姻的已不是感情，而是乔的病情，以及将两人捆绑在一起的声名。

　　我已经不爱乔了吗？他自问，在几年前他或许会回答是，但现在，没有答案，他只是觉得疲惫。他已不再是当初攀爬名利场的野心作家，而乔也不再是大器晚成的耀眼演员，他们只是两具不同程度衰朽的躯体，以名义上的婚姻伴侣维系着，向着死亡迈步的同路人。

　　孟走进病房，里面布置得和乔原先的卧室几乎一模一样，为了不让乔产生"住院"的不安感，孟从家里搬来了很多器具——家具、窗帘、梳妆台、油画……甚至花了更多的钱，让医院同意他把房间墙壁贴上花纹繁复的墙纸。当然，这些举动并没有令他陶醉于自我对妻子的关怀中，他心中明白，他只是在减轻抛弃患病妻子的负罪感。而他的妻子，乔，自然也不会因此感动——她几乎已经忘记了原本家的样子，逐渐把这里当成了她的家。

　　孟走进病房，房间昏暗，唯一的光源来自两块厚重的墨绿天鹅绒窗帘中间，在天鹅绒之下还有一层细腻的白色纱帘，现在，那白纱随风吹起边角，又轻轻覆盖回那个临窗而站的瘦削身体上。

　　白纱的褶皱与她的身体融合为一座白色的希腊女神雕塑，她一动不动，似乎没有意识到有人进入房中。

　　孟开口："乔。"

　　雕塑微微一动，缓慢地转过身，白纱从她身上缓缓褪去，那短暂的圣光披覆的洁白就此化为破裂开的幻觉的泡沫，现实只剩昏暗光线下一具衰弱而苍老的病体。

孟突然生出一丝恐惧，恐惧走近他的妻子。他依然站在门口，走廊里的灯光倾泻在他身上："我来看你了。"

昏暗的光线中，乔看着他，长久地。他甚至能感觉到她来自黑暗中的视线，像铁尺一般一寸一寸度量着他的轮廓。

他按捺下几欲退出房间的冲动，往房内迈入几步："你最近都好吧？"

然而，乔仿佛惧怕似的随着他的步入后退了几步，直到背部贴到墙壁上。

他感到心中隐隐的怒意。

她是在抱怨他吗，抱怨他将她丢弃在此，抱怨他一个月只来看望她一次？可是，她忘了当初她是怎样想要离开他的吗？

她的确忘了。

一股暗涌出的无力感瞬间浇灭了他刚刚才蹿出的那一点微不足道的愤怒。他看着她披散在肩膀上的白发，下意识地伸手摸向大衣口袋——果然有，他从口袋里掏出一个黑色的真丝发圈，挪动双腿继续走向她，尝试着摆出温和的面孔："你头发散了，我帮你绑上吧。"

她已退无可退，像个无措的小孩一样缩在墙角，更像只正遭受猎杀的鹿，瞪着黑色柔软的眼睛，惊惶而不解地看着他。

他伸出手捉住她的肩膀——她瘦削的、颤抖的肩膀："乔？"

她衰老而苍白的脸孔上浮现出奇异的少女般的惶恐，她嘶哑的声音从失去血色的嘴唇中吐出："你是谁？"

现在，他真的想逃了。

"阿尔茨海默病，是一种起病隐匿的进行性发展的神经系统退行性疾病。临床上以记忆障碍、失语、失用、失认、视空间技能损害、执行功能障碍以及人格和行为改变等全面性痴呆表现为特征……"

医生面无表情地吐出解释，仿佛在宣读使用说明的机器人，孟不得不打断他。

"医生，我知道阿尔茨海默病是怎么回事，我是想问，乔为什么连我都不记得了？这样的重度失忆不是一般要到发病八至十二年后才会有吗？乔发病只是第六年啊！"

"孟先生，你也知道那是'一般情况'，阿尔茨海默病患者的个体差异很大，就以乔来说，她五十四岁被确诊，本来就是比较少见的，大部分患者都是六十岁以后才开始出现症状。"医生继续平静地解释。

"难道没有任何办法改善吗？"

医生终于抬起头好好看了孟一眼："孟先生，你应该很清楚阿尔茨海默病每个症状的出现或加重都是不可逆的，希望你还是接受这个现实。"

孟站起身，不想再听这些无用的话。

"不过孟先生……"医生犹豫了一下，再次开口，"病人的记忆一般都是从不熟悉、不常见的部分开始逐渐丧失的，你如果能经常陪在病人身边，也许能有点作用……"

孟转身走出办公室。

所以，医生是在指责他吗，一个把妻子丢弃在山间的豪华疗养所里，难得出现一次的薄情男人，被患病的妻子早早遗忘也不奇怪。

孟加快脚步，走到医院停车场，上车。

"回家。"

"……孟先生，今天不住这儿？以前你都会陪孟夫人一晚上第二天才走的……"

孟抬起头看着絮絮叨叨的司机，冷冷地吐出两个字："回家。"

司机一震，连忙转过头启动汽车。

壮阔而静谧的医院很快成为后车窗里的一小片远景，璀璨繁华的夜的城市已然重新向他靠近。

孟打开家门，月色透过巨大的落地窗映照着客厅，以及通向二楼的阶梯。他没有开灯，缓慢地步上楼梯。

自从乔住进医院后，他就极少上二楼了。他住在一楼角落的客房里，连二楼的书房也很少去，而是把要看的书都搬下来，随意地散落在沙发上、床边。

孟迟疑着，打开二楼尽头处的卧室门。

宽敞奢华的卧室在冰冷的月光下如同一座荒芜的废墟。那些名贵的油画、精致的家具、繁复的花纹墙壁都统一显露出颓败的灰紫色，仿佛被放逐的久远记忆，回想时连颜色都已褪尽。

孟挪动双腿，艰难地走到床边，缓缓坐下。柔软的床垫陷下，像深渊般拥抱他。他用手摩挲光滑的床罩，细碎的褶皱像静脉一样接触他的手掌。他陷入一阵虚无的感伤。

他宁可在这无人的废墟凭吊日渐衰弱的妻子，抑或凭吊的是已被妻子遗忘的自己，却不肯再去看望她。他对她的记忆里重重添上了一笔她陌生而惊惶的眼神——"你是谁？"——难道，这就是他们作为夫妻留给对方最后的记忆吗？

孟闭上眼，用自欺欺人的黑暗抹杀心中升腾而起的苦涩。

他依时支付着高昂的住院费用，但没有再去看乔。

又一个月过去，他已开始写作新书，纯粹幻想的故事，下笔艰难，惜字如金。

那天他对着电脑枯坐了一个白天，写了删，删了写，再删，再写，最后白纸黑字留下的，不过几行字而已。他心浮气躁，又无可奈何，躺到沙发上随手拿了本书，翻几页，又扔开。

电话响起，空荡荡的房间里仿佛防空警报在响。

他接起，是医生，声音前所未有地紧张焦虑："孟先生，非常抱歉……孟夫人……失……失踪了……"


数十个白色身影徜徉在黑色丛林中。

手电筒发出的光亮如同巨大的萤火虫。

医院的一部分医生和大部分护士被派出来寻找乔，他们还来不及换下制服，像撕碎的纸屑般分散在林中。

没有人说得清乔是如何离开医院的。她在这里住了太久，所有人都认识她，所有人都习惯了她，同时也意味着，所有人都忽视她。

监控摄像显示她是独自一人离开病房，并不是被别人带走。

医生说，乔应该不是有意出走，可能只是因为神志不清误离开了医院范围，以她的体力，不会走很远。

可是包围医院的连绵的树林，像黑洞一样将乔的踪迹吞噬干净。

孟走在夜晚的林中，手电筒的光束像横冲直撞的小孩在树木间撒野般地散开，几十道光束，几十个莽童的迷藏。

医生走到他身边："孟先生，我很抱歉发生这样的事……"

孟没有开口。

"我们已经通知了警察，他们在赶过来的路上，你放心，医院会负责到底……"

"我看到过一个新闻……"孟打断医生的话，他看着手中的光束照亮林间地上的野花，"上面说已经研究出阿尔茨海默病新的治疗方法……"

医生停顿了脚步。

孟停下，转身，医生的面孔像是夜色中一片漂白过的浅浅的树叶。

"孟先生，你说的那个研究还处于实验阶段，离真正能临床治疗还有很远的距离。我的一个朋友是那个项目的负责人，据我所知，那并不是专门针对治疗阿尔茨海默病的研究，而是关于记忆复原的。"

孟微微眯起眼睛："如果真的能够恢复记忆，这在某种意义上而言也是对于阿尔茨海默病的治疗，不是吗？"

"……孟先生，这两者是有很大区别的，阿尔茨海默病……"

突然而至的尖锐哨声和喧哗在林间迸发，截断了医生的话。

"找到了！孟夫人在这儿！"

孟和医生对视一眼，迅速向着远处狂乱闪动的手电筒光束跑去。

白色身影的包围圈散出一条通道，孟，以及跟在他身后的医生走入圈内。正中心，那个苍老的、瘦弱的、穿着浅蓝色病服的女人坐在地上瑟瑟发抖。

孟脱下外套，俯身披在乔的身上。他触摸到她冰冷僵硬的躯体，那陌生的触感甚至令他的手指下意识地畏缩。乔抬起头，再次像小女孩般惊慌失措地看着他。那眼神立即令他想起白天时的一幕。

——你是谁?

他头皮发麻,恐惧像密集飞舞而来的蜜蜂聚集在他耳边,振翅的嗡嗡声遮天蔽日。

他竭力忍住逃跑的冲动,逼迫自己挤出柔和微笑的表情,声音微微发颤:"乔……"

他忐忑地准备迎接她再一次的问句——你是谁?你,是谁?

然而乔只是怯懦而困惑地看着他,没有作声。

他心里微微一松,蹲下身,平视着乔的眼,声音亦温和起来:"回去吧,我带你回去。"

乔嗫嚅着,用细哑的声音说:"我在找一个人……"

他将她搀扶起来,乔摇摇晃晃倚靠着他的手臂。旁边的年轻护士走来帮忙,孟摇摇头。所有人静静散开,用手中的电筒光束照亮他们脚下的道路,他搀扶着乔往回走。

等距离人群有一段间隔,他俯在她耳边,低声问:"你在找谁?"

乔转头看他,脸上是一种难言的苦涩与甜蜜,像述说秘密似的也凑近他耳边,轻声说:"你知道陆吗?我在找他,你知道陆在哪里吗?"

他搀扶着乔的手突然推开了她,并没有用力,但乔还是踉跄地倒退了两步。

他看着她,看着她亦困惑不解地回望着自己。

渐近的踩着泥土与落叶的沙沙声,医生的声音随之响起:"怎么了?孟先生,没事吧?"

他几乎是凶狠地、不受控制地抓住医生的手臂,不等医生反应,他看着他，低声说："你说，你的朋友是那个记忆复原研究的负责人，对吧？"

乔看着他和医生，月色涤去了她面孔上的皱纹，映照着她清亮的瞳孔，那双眼，在寻找陆。

阴天。

那幢不起眼的灰色建筑在阴沉的天色下显得更加古旧，在大门口等待他们的是一个瘦高的戴着眼镜的男人，初看约有四十岁，但当他迎向孟，露出笑容时，面容又仿佛二十几岁的年轻人。

"我是邓，是记忆复原研究的项目负责人。"他以极为温和的低沉嗓音说出这句话。

他们跟随邓走入建筑中，才发现内部是与乏味的外观截然不同的样子，巨大的落地玻璃窗分割出一个个实验空间，穿着白色制服的研究人员在每个空间里往来穿梭，更加微小的白色点状物体点缀在透明玻璃窗内的许多角落——那是实验所用的小白鼠。如果顺利的话，很快他和乔也将成为这白色大军中的一员，以实验对象的身份。

"在过去很长的时间里，记忆复原只是一个被动等待的过程，除了等待患者自身缓慢想起，或者因为触发了某些关键点而想起之外，没有别的办法。而我们的研究则是主动给患者灌输记忆的行为。"

在邓的办公室中，孟听着邓的介绍，而乔一直看着窗外那团巨大的缓缓浮动的乌云。

"主动灌输记忆？病人不是已经失去这部分记忆了吗，你们灌输进去的记忆从哪里来？"孟不解。

邓的眼中出现一丝赞许的神色："孟先生，你已经问到了我们研究的核心。"他略作停顿，说，"孟先生，你知道现在的技术是可以令人进入别人的梦境，几个人同时分享一个共同的梦境，甚至改造别人的梦境的吧？"

孟点点头："我看到过报道……"他忽然意识到什么，脱口而出，"你是说……记忆也可以？"

"是的，我们对于记忆复原的研究正是基于梦境分享的成果，人的记忆是可以'进入'的，也是可以分享和改变的。"

孟陷入沉默中，他被这个近乎幻想的说法所震惊。过了许久，他再次开口："新闻上说，你们已经有一例成功的人体实验？"

"是的，一个出了车祸的年轻人，他对于近一两年的记忆都变得十分模糊，断断续续，我们让他的妻子和父母分别进入他的记忆中，分享他们的记忆，将患者断裂开的记忆链重新串联起来。"

"可是，这并不是病人真正地想起了忘记的事，只是把他妻子和父母的记忆给了他去填补那些空白啊……"

邓那时而成熟时而年轻的脸上浮现出一丝意味不明的笑容，他的声音中也包含了一丝赞叹："孟先生，你真的很能抓住关键点。是的，'记忆复原'这个说法其实是媒体给的，这个研究的本质的确是记忆灌输。但我也承认，我们没有主动去纠正媒体的这种报道，因为对普通大众来说，记忆复原这个概念要比记忆灌输容易接受得多。而记忆灌输……怎么说呢，总会引发很多不必要的争议吧，眼下这个研究才刚刚走上正轨，太多的争议很可能会逼迫这个研究最终停止。"

孟看着眼前这个彬彬有礼的研究者，从他温文尔雅的气质中丝毫觉察不出内心对于科研的狂热。

孟停顿了一阵，才开口说："……那个病人，现在怎么样了？"

"过着和车祸发生前一样的日子，很平静，很幸福。"邓始终微笑地注视着孟和乔，"孟先生，虽然重新灌输的记忆来自病人的妻子和父母，只是他们的片面印象，而不是病人本人真实完整的记忆，但那毕竟也还原了一部分的真实。那个年轻人刚结婚半年，车祸后他不记得自己结过婚这件事，他的妻子对于那时的他就是一个陌生女人。直到通过记忆灌输，令他重新拥有了关于妻子的记忆，也令他重新过上了失忆前的日子。"

邓平静的语调里却有着难言的说服力，他看向孟身边一直专注于窗外乌云的乔，意味深长地说："记忆对我们很重要，不是吗？"

孟侧过头，也看着乔，她苍老的面容上始终呈现出孩童般的无知无觉，仿佛身边这场谈话与自己毫无关系。这时，她忽然收回了凝固在窗上的视线，也侧过头看着孟。她看着他，用一种纯粹的打量陌生人的眼光。孟的眼神微微一颤，他迅速避开与乔交接的目光，重新看着邓："我想让我妻子接受记忆灌输，我想让她记起我。"

邓理解地点头："我明白你的需求，孟先生，不过我要提醒你的是，记忆灌输的人体实验到目前为止只进行过一例，而且那是突发性事故造成的对特定时期的记忆丧失。而孟夫人的记忆丧失，则是由于阿尔茨海默病造成的不确定时期的记忆丧失和记忆混乱，而且她的记忆随着病情的加重还会不断失去。现有的条件下，我无法向你保证记忆灌输可以帮助她拥有较为完整的记忆，也无法保证这些她重新拥有的记忆会不会一直存在，这一切对我们来说也还是未知的领域。"

孟沉默。

寂静中，乔突然站起身，走向门口。

孟急忙抓住她的手，却被乔挣脱开，她迷茫而慌乱地问："陆在哪儿？我要找陆！你是谁？告诉我陆在哪儿？"

孟伸向乔的手停在半空。他慢慢站起来，艰难地挤出一丝安慰性质的笑容："……我带你去找他，好不好？"

乔半信半疑地点点头，安静地站在门边。

孟转过身，面无表情地看着邓："我只是希望乔能记得我，我不想被她忘记。"

邓再次露出笑容，这一次，他原本温和的脸部线条呈现出一种即将展开新冒险时跃跃欲试的锐利，他收获了全新的实验体，他的研究成果很可能因此更加成熟，不是吗？

"好的，孟先生，签署了实验同意书之后，我们就开始吧。"

# Chapter 03
# 相见

阴天。

我看着眼前的灰色建筑，似曾相识。

一个瘦高的戴着眼镜的男人在门口等待，我知道他是邓，但随着向他走近，我又不确定起来。

他的确有着和邓相似的身高和轮廓，但他的面容却年轻了十几岁，看上去只有二十来岁的样子。

他似乎对我的疑惑一目了然，微笑着，用手指了指身后的玻璃大门。

我不明所以地看向那块玻璃，邓的身影模糊地映在上面，然后，我的身影也出现在其中。我的，似曾相识的身影。

我突然感到头皮仿佛被微弱电流窜过一般发麻，脚步不由得加快，迅速地走近那扇玻璃门，走近映在玻璃上的那个人影。直到那轮廓不断清晰，我就站在玻璃门前，看着上面那年轻的，已然只存在于旧日相片中的面容。二十几岁的孟，栩栩如生。

邓的身影向我靠来，两张二十几岁年轻男性的面孔晃动在透明的玻璃上。

"我来解答你的疑问。"他表情轻松地开了口，"现在，我们进入的是你的记忆，就是从我们在研究所门口见面开始这一小段记忆。至于我们的样子……"他突然微微笑了起来，年轻英俊的脸上出现了小孩子恶作剧般的促狭表情："这可能是我们这个研究里最好玩的发现——人的记忆中，会有一个恒常的自己，这个'我'往往是二十几岁的样子，是人潜意识中认为自己最年轻最具魅力的那个阶段。你可以试着回想，仔细回想，你在回忆一段过去的时候，脑海中浮现出的是那时的环境，别人的脸、衣着、动作、神情、你们说过的话，但这个记忆中很少会出现一个具体的你自己的形象，大多数时候'你'只是以一个隐匿的观察者的身份出现在记忆中，你会有声音出现，但很少会像这段记忆中的'别人'那样清晰地出现脸或身体。同时，你很少会具体地去辨别'这段记忆中的我是二十岁的样子''而这一段记忆中的我是四十岁的样子'，大多数时候，在回忆中'你'就是'你'，一个极少改变的形象。因此当我们可以进入具象化的记忆时，我们的个人意识显现出的形象，便是这个极少改变的，并且是潜意识里认为最好看的'自己'，头脑成熟而肉体青春，这真是人类梦寐以求的状态。只有在出现明显年龄差距的记忆中，比如进入小时候的记忆，或者老年的记忆中，我们才会有意识地塑造出小孩或者老人的形象。"

随着邓的解释，我逐渐从惊异中恢复过来："所以在整个过程里，我都会以现在这个形象出现是吗？如果这件事被那些想要永葆青春的女明星知道了，一定挤破头想要永远留在自己的记忆里吧。"

"所以人老了以后才特别喜欢回忆啊。"邓笑起来，推开大门，带着我走进建筑中。

研究所中仍然是一个个透明的实验室，但我很快注意到，眼前所见的一切似乎都经过了一种说不出的"简化"——实验室里的设施似乎少了很多，往来的研究人员更像一个一个模糊的白影。

邓看穿了我的疑问，不慌不忙地解释道："这是你第一次来研究所，能记住的东西有限，所以在你的记忆中,研究所的环境被省略了许多细节。只有那些印象深刻，或者长期居住的场所，能在记忆中得以巨细无遗地还原。"

在这几近空旷的研究所中，一个穿着研究服的年轻女人向我们走来，她对着邓点头示意："邓老师。"

邓也微笑着点头。女人经过我们身边，然而当我回过头看时，她的身影却消失得无影无踪。

"她是你记忆中曾经与我打过招呼的人，我们的记忆中存在很多这样的人物。"邓带着我乘上电梯。

"他们……看得到我们？"

"当然可以，我们并不是在'旁观'记忆，而是让自我意识以具体的形象进入记忆中，现在，记忆就是我们的现实，我们在这个现实中是真实存在的。所以,你首先要记住一个原则……"邓语气认真起来,"记忆是可以被改变的。"

电梯门打开,我们走出电梯,我发现这并不是当初邓的办公室所在的区域,而是办公室对面建筑的同一楼层。

"如果我们想尽量不改变这段记忆,那么进入记忆之后,就必须小心地隐藏自己,尽量不和记忆中的这些人碰面、说话,因为那样很可能会影响我们的记忆。就像刚才那个打招呼的女孩,我如果选择不回应她,那么就改变了你的这段记忆。当然,因为她在这段记忆中只是无关紧要的存在,即便改变了一点,也构不成什么影响。但是,对于那些记忆中的重要人物,就要十分小心了。尤其是他们……"

我顺着邓的手所指示的方向望去,环形的研究所对面的办公室,落地玻璃后,是三个熟悉的身影——我和邓,以及乔。

"所以,那是存在于这段记忆中的我?"

"是的,那是你,是这段记忆最重要的存在,同时也是你最大的敌人。"

我不禁看着邓:"什么意思?"

"如果现实中你看到一个和自己一模一样的人,或者年轻时的自己,会是什么感觉?"

我明白了邓所说的"敌人"是什么意思:"就是说,如果记忆中的那个'我'和现在的我见面,会改变这段记忆对吗?"

邓赞许地点头:"更准确地说,是会造成记忆的混乱。所以,一定不能让记忆中的'我'发现你的存在。"

"那你所说的记忆灌输,要怎么做?"

"原本的记忆灌输就是把你的记忆给别人,在那例成功的实验里,患者的妻子、父母就把各自的记忆灌输给患者，填补了患者因车祸造成的记忆空白。"

"所以我只要把自己的记忆给乔就可以了吗？"我突然感到一丝没有由来的轻松。

然而，邓的神色却严肃起来："不，你们的情况复杂得多。上一位患者出现的是一段时期的记忆空白，只要把别人的记忆填进去就可以。但乔是因为阿尔茨海默病造成的记忆模糊，这不是单纯的记忆丧失，她的记忆损失是碎片性的，没有规律，也不连贯。"

"可是，她已经……"我咬咬牙，逼迫自己说出真相，"她已经完全不记得我了啊。"

"她是不记得你，但不代表她不记得你们发生过的事，那些记忆可能像片段一样穿插在她的思维里，她可能记得发生过的事，但她不记得那些事里的主角是她和你。就像珍珠项链，失去了中间的引线，就散落成一颗一颗的珠子。而你，就是她失去的那条引线。"

我陷入沉默。

"这意味着，我们无法像之前一样单纯地输入记忆，因为这样会造成两种记忆的叠加和对抗，结果很可能是令患者精神失常。"

"所以，就是没有办法了吗？"我失望地问。

"原来的记忆灌输法的确不行，但我们是要实验新的方法——记忆整合。"邓的脸上浮现出研究者特有的对新实验的着迷，既兴奋，又无情。

"整合？是指整理合并我和乔两个人的记忆？"

邓欣赏地点头："不错，我会将你们两人的共有记忆进行联动，你们都会进入那些记忆，也就是说，那段记忆里会出现你的意识——也就是你现在的样子，也会出现乔的意识——应该是她年轻时候的模样。你的任务就是用自己的记忆，将乔断裂的记忆链条重新连接起来，也就是将那些记忆片段用'孟'这条引线串联。如果成功的话，她应该能够想起你。"

我听着邓的描述，仿佛在听天方夜谭："……我要怎么做？我会在那些记忆里遇到什么状况吗？"

然而这一次，邓没有像之前一样滔滔不绝地解释起来。相反，他的眼中出现一抹歉意："很遗憾，我无法告诉你，你将会遭遇到什么。因为在此之前，记忆整合只是我们的一项设想，还没有实验数据的支持，你们是第一例进行记忆整合的实验体。"

我不由得苦笑。

"但我必须要提醒你可能会发生的危险。"

"危险？"

"虽然进入的是你和乔共有的记忆，但即便经历了相同的一件事，人们对于这件事的记忆却各有不同。以你和乔目前的情形来说，更像是你要灌输自己的记忆给她，用你的记忆覆盖掉她支离破碎的记忆，但是也有可能你的记忆会被她的记忆反噬。如果那样，你完整的记忆也就随之变得混乱、破碎。"

我不禁倒吸一口冷气，刚想说什么，眼前邓的面孔突然像射线一样四散而去，我惊讶地伸手去够，却发现自己的身体也在迅速地分裂成一条条笔直细长的射线向着四面八方散开。晃眼的白光扩散在我的视线范围内，直到眼中被完全的白色填满，直到意识也被降临的白色彻底覆盖。

短促而尖细的声音传入耳内，孟睁开眼，映入眼帘的是白色的天花板。环顾四周，他躺在实验室内，周身被各种仪器包围，而他听到的正是这些仪器发出的声音。

"醒了？"邓的声音不知从何处传来，充斥整个实验室。

孟转过身，发现实验室后面被一面玻璃隔开，而邓正在玻璃之后的控制台前，对着麦克风说话。

孟感到脑内隐隐作痛："为什么出来了？"

"时间到了。"

"为什么要设定时间？"

"时间过长，会产生副作用。"邓低沉的声音在实验室内扩散开来，仿佛神谕，"人的大脑容量是有限的，我们的意识进入记忆中，如果超过了一定限度，意识就会开始侵占原本属于记忆的空间，大脑会删除记忆，将有限的容量腾给意识。进入的时间越长，可能会被删除的记忆就越多，这就是副作用。但这个副作用要等进入记忆后多久发生，却是因人而异的。"

孟睁大眼："所以，如果进入时间过长，连我也会失忆？"

"是的。"邓不带任何感情的回答飘荡在房间内的每个角落。

"……那乔呢？她会失去更多的记忆吗？"

"按照理论来说，不会。虽然你们都要进入记忆，但充斥在里面的是你的意识，是你要完成任务，而乔的意识却是没有目的的，也就不会挤占她的记忆空间。"

孟沉默了。

邓的声音再次响起："需要告知你的事项都讲完了，要不要进行这个实验，由你做决定。"不等回音消散，邓似乎便关闭了麦克风，声音戛然而止。

实验室的自动门缓缓打开，孟站起身，走出去。

乔一个人站在走廊尽头，安静地看着落地窗外地平线尽头的夕阳。

孟走近她。

乔听见脚步声，回过头，夕阳的余晖勾勒出她面容的轮廓，她的瞳孔沉在暗影里，模糊了那看待陌生人般的眼神。那一刻，她是令孟熟悉而怀念的。

然后，她缓缓开口："陆在哪儿？"

孟停在乔面前，伸手想要触碰她的脸，却被她警惕地躲过，只是再一次重复着那单调的问句："陆在哪儿？"

孟感到身体内不知从哪里蹿起的火苗，蔓延至四肢百骸，直到烧灼着脑内的神经，烧得滚烫，滚烫得麻木。被邓告知副作用后的恐惧犹豫，都被这火焰燃烧殆尽。

孟盯着乔衰老惊惶的脸，一字一句地问："你为什么忘了我，却还记得他？"

他没有等她回答，而是用力钳住她细瘦的手腕，向着实验室方向大步走去。乔像一个木偶，跟跟跄跄地被他拖在后面。

孟和乔再一次站在邓面前。孟拉着乔的手臂，面无表情地说："我们同意接受实验。"

邓看了看孟，又转向乔，乔的脸上是胆怯而无知的神情。他停顿了几秒，然后缓缓露出笑容："很好。"

孟和乔换上白色实验服，被双双推入实验室。他们分别躺在各自的实验台上，隔着相互伸手能够牵住的距离。各种闪动数据的仪器分布在四周，戴着口罩的研究人员往来穿梭，将繁杂的仪器线路一一固定到他们身上，再将他们身体上各自的线路连接到一起。

孟平静地任由他们摆弄，他眼角的余光中，乔像个不安的小孩一样挣扎着，她不知这群陌生人将要对自己做什么，只是不断喃喃着："你们是谁？你们要对我做什么？陆在哪儿？我要找陆。陆在哪儿？"

孟收回眼光，盯着头顶的天花板。

邓作为负责人有条不紊地指挥着现场，他走到孟身边，做最后的解释："这一次的实验方法和之前进入你的记忆不同，你和乔会被麻醉，然后进入实验溶液池中。这一次我不会预先设定醒来的时间，而是要你通知我。当你完成任务，或者想要中止任务，或者感觉到了记忆快要被删除的界限，或者任何你想要离开的情况，你就想约定好的暗号，我会把暗号输入系统，一旦你想到暗号，就触发实验暂停模式。"

孟点点头："暗号是什么？"

"由你来定，说一句你印象深刻或者对你有特殊意义的话就可以。"

孟想了想，一句话瞬时浮现脑海："我在度过了一半人生的时候成了半人。"

邓难得地略微迟疑："什么？"

"是我新书的最后一句话。"

"我明白了,那么就以这句话作为暗号。"邓说着,将这句话输入系统。

——我在度过了一半人生的时候成了半人。

一切准备就绪,邓的声音通过麦克风再次回荡在实验室中:"那么,祝你好运。"

孟微微一笑。


研究人员将麻醉剂注入孟和乔的身体。

孟转过头,最后看了一眼乔,乔也正在看他,以不解而惊惶的神情。两人相互凝视对方,仿佛隔绝了一个宇宙。

麻醉剂开始生效,孟慢慢闭上眼。

研究人员确认两人均已进入沉睡状态,为两人戴上密封呼吸面罩后,所有人均退到房间边缘。

实验台下方缓缓打开,碧蓝色的方形水池显露,晶莹的液体中充满了微不可见的模拟连接神经元,闪烁着萤火虫般的粼粼荧光。

实验台下降,两具实验体沉入液体池中,直至完全被淹没。

邓低沉的声音飘浮在偌大的实验室中:"第一次记忆整合实验,开始。"


开启孟后一半人生的人,叫乔。

孟二十五岁时,新的一部小说《乐园挽歌》即将被改编成电影。成名后不久,他所有的作品版权——包括最名不见经传的早年的短篇小说——都被蜂拥而来的影视公司洗劫一空。对于名声,人们总是盲目的,一个作家越有名,人们就越不在乎他的作品是不是真的那么好。这是一个苦涩的笑话。

那是电影新闻发布会后的宴会，又是一个看似醉生梦死，实则功利混乱的场合，连空气里都弥漫开那熟悉的纸醉金迷的味道，这毒药般的气味却让孟和简如鱼得水。是的，简，那个瘦高的勾魂摄魄的简。他们有一段时间没在一起了，各自都有了新的情人，但当她听说孟即将出版新的小说后，又再次同他联络起来。对于这样目的性昭然若揭的女人，头脑清醒的人总是无法真的喜欢上她，但又不至于彻底厌恶她至不相往来。至少，比起那些把世故的目的隐藏在一张张伪装出的楚楚可怜天真无邪的面孔下的女人来说，孟更欣赏简这样赤裸直白的坦荡。

更何况，在社交场合中的简是如此风趣迷人，孟已经习惯了她那行云流水的攀谈与结交过程，虽然这样的场合总是名流云集，但简才是此时此地真正的明星。比起那些新的情人，她的存在更能让他生出一份安全感。

她袅娜地走来，不动声色地夺走孟手中的酒杯，和颜悦色地提醒他说："孟，你为什么不来和大家聊一聊，今天你也是这里的主角啊。"

然而他只是拦下经过的服务生，又从他手上的托盘里取了一杯香槟。

简不解地看着他，因为她所熟悉的孟，在这样的场合，谈笑风生，总是令自己成为众人的焦点，而不是像现在这样，站在角落里，一杯接一杯地灌自己酒。

她小心翼翼地贴近："怎么了，心情不好吗？"

他看着她，微微一笑。不等她有什么反应，他举着香槟，向着宴会另一个角落走去。沿途有无数人试图引起他的注意："孟，《乐园挽歌》是你迄今最好的作品。""孟，你的下一本书什么时候出呢，我真期待。""孟，这次的电影改编一定会很棒吧。""孟，你不来和我们喝一杯吗？""孟，你要去哪儿？"

他熟视无睹，径直走向角落里那修长而沉默的身影。

她穿着将身体包裹得密不透风的黑色晚礼服长裙，头发一丝不苟地盘在脑后，垂着眼帘，像一个老气的、死气沉沉的修女。

他走到她面前，嘴角挑一丝笑："你就是要演莉莉丝的人？"

她抬眼看他，眼中没有丝毫殷切，面容反而显现出不合时宜的疲惫，声音喑哑："是。"

他心中的怒气再增一分，勉强维持着已被酒精稀释得七零八落的客气："你以前演过什么，我没什么印象。"

她平静地提及了几部电影的名字，他一概没看过，也没打算遮掩这一点："我都没看过。"

"哦。"她极为冷淡地应了一声，眼睛转向另一边。

他不由得将手中的香槟狠狠喝下："你觉得导演为什么让你演莉莉丝？"

她黑色的眼珠又转向他："因为我合适。"这一次，在这个所有人都会谦虚回应的问题上，这个女人却显示出相反的近乎自大的态度。

他好不容易忍住几近脱口的冷笑："真的吗？"

她终于长久地打量他："你觉得我不适合？"

他深吸一口气，体内愈燃愈烈的酒精令他卸下惯常的无懈可击的面具："莉莉丝虽然不是女主角，却是这本书里我最喜欢的角色，我不想她被毁掉。"

她站直身体，直直地盯着他："你觉得，我会毁了她？"

"难道不是吗？"他也盯着她。

她寡淡的面孔上终于变换出几丝有些棱角的线条："你还没有看过我演戏。"

"不需要。"他的声音不自觉大了起来，周遭人们的眼睛都转向他们所在的角落，"我的直觉告诉我，你不是莉莉丝。"

宴会厅里静了一秒，然后，细碎的如蚊蝇一般的议论声便窸窸窣窣地蔓延开来。

"孟。"身后传来简的声音，她走到他身边，挽住他的手，笑盈盈地说，"我们该去和导演见一见的。"她使出几分力气让他转身，继而又回头向着那女人小声说，"抱歉，他喝了太多酒。对了，我还不知道你叫什么名字。"

那女人看着他们，瞳孔像光线照射下的黑色玻璃球："乔。"

简礼节性地笑了笑："乔，期待你的演出。"

他还想再说什么，却已被简不容置疑地带走。


莉莉丝生来就不知道什么叫失去。她出身富庶，又天生丽质，她的父母为她准备好了一生所需的一切，甚至她终生可能产生的种种欲望的解决，也都为她考虑周全。她生来就是为了挥霍的，挥霍金钱、挥霍青春、挥霍美貌、挥霍欲望，即便这样尽力，也仍然挥霍不完家族的积累。对这样的家族而言，钱从来不是对岸的绿光灯塔，钱是土壤、钱是雨水、钱是种子，循环返转之后，钱便生出更多的钱，源源不绝。


挥霍不尽的财富，转而让莉莉丝去挥霍爱，单一的爱人并不能承受她全部的爱，她的精力太过旺盛，她的一生只剩闲暇，任何人都无法与她并驾齐驱，她只能多找一些人来分担她的爱，也总能在别人感到厌倦之前先行分别。这对别人而言是一种失去，对她而言只是一种更换。太多人祈求得到她的爱，也愿意分摊共有她的爱。她所处的无风无雨用之不竭的世界，对大多数人来说是极致的天堂，对她而言，只是寻常。

莉莉丝唯一一次感受到些许"失去"，还是五岁时她养的那只小猫病死的时候，她一度陷入了恐慌，不理解为何小猫不再跑动跳跃。但很快，她的父母给她带来了一只新的小猫，模样花纹几乎与以前的那只一模一样，他们告诉她，不必伤心，莉莉丝，我们已经为你准备好一切，哪怕是生命的消逝，也已经准备好了替换品，你什么也不会失去。

莉莉丝直到三十三岁时仍旧单身，从未有人对此抱有异议，包括她的情人们，也都觉得由某一个男人以丈夫的名义独占莉莉丝是难以想象的。她仍旧保有少女般的肌肤与身材，眉梢眼角又不乏女性的柔媚，她天真无邪，又浓情似水，她并不是为大众所知的明星，但在那顶峰的社会阶层里，她才是真正独一无二的星辰。

莉莉丝三十四岁时，她的父母在一场飞行事故中双双去世。仿佛预感到会有这一天似的，在父母为她做的准备中，也包含了细致的遗嘱，繁复的家族产业规划，点点滴滴，一丝不落，仿佛他们的一生只是为她而活过一般。而莉莉丝，只要抬起纤纤玉手在法律文件上签下自己的名字，所有的一切都将属于她，她甚至用不着为此费一丝一毫的心神。在这个庞大的循环里，人们各司其职按部就班，而赚取的最多的利益自会源源不断地进入她的名下，令她的生活和过去一模一样。

此时的莉莉丝依然感受不到她的失去，哪怕她确实没有了一生溺爱她的父母。但从小以来父母的教导让她知道，哪怕是生命的消逝也可以用替代品来交换。当然她不可能让别人来成为自己的父母，于是，她决定让自己成为某个人的母亲，并且再为这个人找个父亲。

莉莉丝决定结婚，这个消息像飓风一般席卷了闲极无聊的社交圈，点燃了妇人们的口舌，点燃了单身男人们的野心。这是社交圈的奥林匹克，金牌是莉莉丝家族那庞大到惊人的产业，而莉莉丝，噢，她只是被交接传递的奥林匹克火种。

但踌躇满志的单身汉们却不知道，他们没有一个是莉莉丝要寻找的目标。他们与她的情人们并无二致，最多能够得到的是她庞大的爱中的一份，而不是她更加庞大的财产。

莉莉丝要寻找这样一个男人，他将是她的丈夫，却不以丈夫的名义独占她；爱护她，却不觊觎她的财产；尊重她，尊重她的一切行为习惯，包括接受她依旧拥有许多的情人。而莉莉丝则将给这样一位丈夫如下的回报，他将加入她的家族，享有她所享有的源源不断的一切；他可以去做任何他喜欢的符合法律规定的事，而再也不用考虑生计；他可以享有一份来自她的爱（并且，她可以保证这份爱要比给她情人们的多），同时她允许他同她一样拥有别的情人，去分享他的爱。

当然，所有这一切成立的前提是，他必须有至少一个适龄的孩子，并且单身。

这当然是不合常理，甚至为人所不齿的条件，但莉莉丝不以为然，在她所生活的环境中，这些条件才是人们在"婚姻"的名义下默认遵守的规则，只是人们从不把它放到台面上来讲。人们可以一面歌颂着忠诚专一的婚姻和爱情，另一面又热衷于在背地里不断打破忠诚专一的表象。对从小生长在这样环境里的莉莉丝来说，她当然也不会天真到将这些条件告知世人，而是藏于心底，暗地里搜寻着符合条件的目标。

这应该是莉莉丝出生以来遭遇的最大难题了吧。毕竟，在那群蜂拥而来的单身汉里，绝大多数人都摆出了一副忠贞不贰的样子，真心也好做戏也罢，对莉莉丝来说都是一种困扰，显然他们是首先出局的一拨人。

剩下的那些没有掩饰自己风流本性的单身汉，多半是她曾经的或者现在的情人，因为较为了解她的喜好，所以避免了伪装。可是这样的人，让他们继续做情人不就好了吗，莉莉丝一点也不想让他们中的一个成为自己的丈夫。何况，他们中一部分没有孩子，一部分是已婚之夫，不过背着妻子孩子来她这里讨一些甜头罢了。

莉莉丝从来没有考虑过自己生一个孩子，在她十八岁成年那天，她便就着那精致得仿佛艺术品的蛋糕和蜡烛许下心愿——准确地说不能算心愿，毕竟她的一生中想要的东西很快都能得到满足，那更像是一个决定——她决定一辈子都不生孩子。

她敏感地察觉到一个事实，拥有孩子对她而言将是一种失去，她将不再是那个无忧无虑、与众多情人分享爱的莉莉丝，孩子的出生将抹杀掉她作为"莉莉丝"这独一无二的存在，而成为一个庸常的举目可见的"母亲"。而且，作为情人的男人可以与别人分享她的爱，但一个孩子却不能容忍，他或者她会想方设法地占有母亲的所有爱意。可是，幼小的孩童又怎么会知道，莉莉丝的爱若集中到一个人身上，那便是飓风，便是洪水，没有人承受得了，只会让两个人都在劫难逃。

莉莉丝想要自己一辈子就这样活着，想要至死不知道失去的滋味，她需要的只是寻找到死去父母的替换品，找不到，她只能自己去做那个替换品。她要做一个伪装的母亲，需要一个适龄的来自别人的孩子来充当她的孩子。这个孩子不能太小，那样的孩子会同样想要掠夺她的爱意，但也不能太大，否则只会把她当作疯子。这个孩子的年龄必须恰到好处，能配合她成为一个"母亲"，但又不必真的行使母亲的职责，去投入真正的母爱。

莉莉丝不觉得自己残酷，因为这个孩子本来就已没有了母亲，多一个名义上的母亲对他来说没什么影响。更何况，这个名义上的"母亲"虽给不了他母爱，却可以让他从此以后衣食无忧，过最上等的生活，这样的交换，不也是公平的吗？

莉莉丝整整找了一年，她怀疑世间没有符合她条件的男人，可若是这样，那隐隐逼近的失去感就将真正地刺穿她的后半生。莉莉丝心中明白，"失去"一旦出现，至死方休。这让她感到恐惧。

然而上天毕竟是眷顾莉莉丝的，从她出生开始，命运就太过垂青于她。于是，在她三十五岁的生日宴会上，她终于找到了他。

——《乐园挽歌》

我僵坐在椅子上动弹不得。

我坐在从前数第四排最正中的位子上，巨大银幕投射出的暗淡光线影影绰绰地照亮周遭，暗红色的排排座椅，这是一间电影院放映厅。

　　我不知道自己是何时走进来坐下的，也不知道自己是为了看哪一部电影。我只是一睁眼，便已坐在第四排正中，看着银幕上二十五岁的孟——二十五岁的我——第一次遇到乔的情形。

　　"你……"身后突然传来一个声音。

　　我猛然一惊，这才意识到放映厅内不止我一个人。我回过头，身后是循序而上的一排排座椅。放映厅很大，大概有二十排座位，我目光所及皆是空荡荡的椅子，越往后面光线越暗，那声音仿佛来自黑暗中，我不禁有些不安。

　　"谁？"我开口问。

　　银幕上不知放到了怎样的画面，光线瞬时亮了些，最后几排的阴影由此退去几分，我终于看清，在最后一排最靠右的位子上，坐着一个人。

　　我们在昏暗的光线中看着对方，银幕投出的光线明明灭灭，时而幽蓝，时而暖黄，时而青灰，放映厅像一个变换的调色盘，被一支无形的画笔涂抹出未知的光影。

　　"你知道放的是什么电影吗？"声音再次响起，这一次我听出那是年轻女孩的声音。

　　我不知该如何向她解释，这场只有两个观众的电影，为何会无缘无故地出现在我们面前，而银幕上的画面却又与我如此息息相关。我犹豫着，决定说实话："我也不清楚……但是，我想，这上面演的，是我的记忆……"

　　"……什么？"她显然被这个出乎意料的答案吓了一跳。女孩忽然站起身，沿着台阶向下走来。

　　银幕再次变暗，微弱的光线中，我只辨认得出女孩瘦高的轮廓，以及小心翼翼走下台阶的声音。

她走近我。

我知道她已站在第四排座椅尽头的台阶上，我知道她也在看我，尽管此时的我们，都只不过是对方视线中黑色的轮廓上镶嵌的一双微亮的眼。

"你说……这上面的，是你的回忆？"她再一次询问。

"是。"

"那……"她语气中的疑惑浓了起来，"为什么你的记忆里，会有我？"

银幕在这瞬间光亮大盛，映射全场，而我就在这突如其来的白炽光下，看清了尽头处的乔。

她是乔。

她是乔吗？

她有着及肩的微微卷曲的黑发，穿着松松的白色衬衫，袖管卷到小臂处，蓝色牛仔裤，白色帆布鞋。她又瘦又高，像一株青涩的松，立在我视线的尽头。

我一动不动地看着她，不敢眨一下眼。然而她此刻却没有看我，而是疑惑地看着银幕。

我艰难地挪动视线，看向银幕。

那是宴会场地里的化妆间，典雅、明亮，甚至放着柔和的音乐。然而身处其中的穿着黑色长礼服的女人，却手持一把锐利的剪刀，向自己胸口刺去——

我下意识地闭上眼，一秒钟后，却听见布匹撕裂的声音。

我睁开眼，银幕上那个黑衣女人已经撕去了原本包裹脖颈的布料，她又向着手臂处剪开一刀，利落地撕下左手的整只袖子。接着是右手、大腿……当那庞大的密不透风的鱼尾裙摆被整个撕下，她优美的白皙的双腿像两片打磨光滑的刀锋，踩在黑色镂空高跟鞋上，跃跃欲试地准备出鞘。而剩余的衣裙布料，则紧紧包裹着她的身体，裙摆斜斜地覆盖着大腿上半部分，边缘处尽是撕裂后稀稀拉拉的粗糙线头，毫不优雅，然而迷人。

她踢开地上的布料，将剪刀扔在化妆台上，抽出一张纸巾擦去嘴上颜色过深的唇膏，从手包里拿出一支正红色口红，对着化妆镜一笔一笔涂抹。

那化妆镜如同镜头，她其实是在正对着银幕外的我们涂抹。我看着她纤长浓密的睫毛和深得仿佛黑洞般的瞳孔，她面无表情地直面我，只有烈焰般的两瓣红唇，抿了一下，又一下。

她是乔，她是三十五岁时的乔，她早已不再年轻，即便浓妆也不能完全掩盖她眼角细微的皱纹，但就是她，就是这样一个女人，开启了我二十五岁后的人生。

"她是我。"

清冷而略微沙哑的声音将我的思绪拉回银幕之外。

尽头处那穿白衬衫的女孩此时远远看着我："她应该是我……可是，她的样子又比我大很多。"

我站起身，一步一步走向她。我越来越看清她，她的脸、她的眼睛、她的皮肤。她是乔，但又不是那个我认识的乔。

"——人的记忆中，会有一个恒常的自己，这个'我'往往是二十几岁的样子，是人潜意识中认为自己最年轻最具魅力的那个阶段。在回忆中'你'就是'你'，一个极少改变的形象。"

在走向她的过程中，我突然想起邓说过的话，我突然意识到，此刻我——还有乔，正深处我们共同的记忆中。

我是孟，她是乔。

孟第一次认识乔的时候，他二十五岁，她三十五岁。

但此时此刻，面对面站着的我们，都是对方未曾知晓的、更年轻时的模样。

# Chapter 04

# 舞，影，夜

"你是谁？"

二十岁模样的乔问我。

我知道她不记得我了，无论是现实，还是在记忆中，都没有了我的存在。然而此刻，我似乎不再为这个事实而愤怒，而是茫然，一片空白的茫然。我不知道接下来该怎样进行，怎样发展，怎样挽回。

"你好，乔，我叫孟。"

最终，我只能这样回答。

她心不在焉地四处张望："你知道怎么出去吗？这电影好没意思啊。"她说着，沿着阶梯往下走。

我不由得吃惊："你不是说，这里面的女人是你吗？你难道不想知道后面发生了什么吗？"

"也许只是长得很像而已，她年纪看上去比我大很多呢。"乔满不在乎地说。

我借着微弱的反光向着台阶的方向摸索过去："如果，她是你的未来呢，你不想看下去吗？"

此时的她已经走到银幕侧边小小的安全出口处，她停住，似乎略微思索了一下我的话。"可是……"她转过头来，脸上露出我从未见过的青春光彩的笑容，"不知道的未来，不是更有趣吗？"

我愣住，确切地说，是被某种不可见的光闪耀过瞳孔。我从未见过这样的乔，不只是容貌，仿佛她整个人，都是我从未知晓的。她究竟是谁？或者说，那个与我相处了二十五年的乔，是谁？

"再见，孟。"乔说着，毫不迟疑地伸手推开安全通道的门。

"等等——"我脱口而出，然而话音未落，刚触碰到门把手的乔像是被什么巨大力量反推一般猛地弹开，她白色的身影像一枚弹跳球一样在空中一闪而过，然后斜斜地摔向银幕。就在这时，我眼睁睁地看着那宽阔的银幕像竖立的湖面一般缓缓地吞噬了乔。

我停在原地，一动不动。

仿佛只是眨眼的瞬间，那银幕就恢复成了正常的样子，上面的电影场景也同刚才一样，那间典雅明亮的化妆间。不同的是，此刻身处其中的，是那个身穿白衬衫的年轻的乔。她站在银幕正中的位置，恐惧和惊惶地四处打量着。

我突然意识到，那银幕是连接意识与记忆的通道，而我要做的，也许是带着年轻的乔，去重温属于我们共同的记忆。

我大步走向银幕，然后伸手触碰，我的手指融化为闪烁着金色光芒的数据链，我没有犹豫，向着银幕彼方迈了进去。


盛大的光线涌入我的瞳孔，刺得我不由自主闭上眼，再睁开时，乔——年轻的乔再次出现在我面前，这一次，在明亮的光线下，我终于将她看清。

她显然吓了一跳："怎么又是你？"

"我也'走进'了那银幕里。"我说着，也开始环顾四周。这似曾相识的化妆间，身处其中，越来越熟悉的感觉蔓延上来，仿佛输液时沿着针管潺潺流进身体的药水，冰凉地融入温热的血管中，我不禁自言自语，"我知道这里……我当然应该知道，我还知道接下来发生了什么。"

"那你知道怎么出去吗？"她急切地盯着我。

我当然不能让乔离开，我需要带她看到接下来在宴会厅发生的故事，一个谎言迅速在我脑中生成："我知道，不过想要不惊动别人离开这儿，我们得花点时间。"

乔不解地看着我。

"跟我来。"我走到化妆间最里，巨大的木制衣柜矗立在尽头，里面挂着演员或嘉宾的备用衣裙，我扯下一条白色的连身长裙递给乔，"换上。"

"……为什么？"

"你想出去吗？照我说的做。"

乔尽管一脸不情愿，但还是顺从地换起衣服。

"我在旁边的男化妆间换衣服，很快过来。"说完，我打开门，确定走廊上没人，迅速闪进了隔壁的化妆间，找了一套备用的礼服换上，尺寸有些大，松松垮垮地挂在我身上，但没时间让我仔细挑选了。

我回到走廊上，敲敲门："是我。"

门打开，穿着白色长礼服裙的乔躲闪在门后打量我："你的衣服太大了。"我耸耸肩，她突然微微笑了笑，走出门后，"我的也是。"

那显然是一位高大且壮硕的女士准备的礼服裙，或者就是她为之配备了十几厘米的高跟鞋，现在那裙子可怜兮兮地晃荡在乔瘦削的身体上，像一个灌了风的白色口袋。顺着裙摆往下看，乔脚上还穿着那双白色帆布鞋，局促地藏在几乎拖地的裙摆后。

隐隐的音乐声从走廊尽头传来，我立刻打消了让乔换双鞋子的念头，来不及了。我奔进化妆间，摘下两个挂在镜子旁的精致面具，又冲回走廊："快走。"

"去哪儿？"乔跑了两步，被衣服缠得跌跌撞撞，她只得捞起裙摆握在手上。

我大步朝尽头处的大门跑去："大厅。"

一切从似曾相识到了然于心，这感觉就像玩一个已经打过一遍的游戏，你知道接下去会发生什么，你会见到什么人，遭遇什么样的怪物，以及如何通过重重关卡。

那是化装舞会，作为那个浮夸而狂欢的时代里每场派对必有的保留环节，这一天电影发布会后的派对也不例外。

乐声已经响起，现场的爵士乐队正在吹奏轻佻欢快的歌曲，黑人歌伶倚靠着巨大的黑色三角钢琴，金色璀璨的流苏裙子恰当妥帖地包裹着她凹凸有致的躯体，裸露出的黑色皮肤在光线中反射出近乎金色的迷人光芒。

伴随着她的低吟浅唱，人们自觉地退到场边，清出一块椭圆形的场地，而那些喝得微醺的、爱出风头的、爱跳舞的、各式各样的人已经戴上镶嵌着宝石和蕾丝的浮夸面具迫不及待地双双进入圆圈中舞动起来。

乔试图往出口的大门走，却被往后退的人群挤得寸步难行。我远远地看到简，如我记得的那样，她正挽着刚结识的中年男人的手臂——我记得似乎是传媒大亨的儿子——翩翩步入舞池。以往她都会是这一类舞会中当之无愧的焦点，可我知道这一次她不是，因为，因为……

人群中忽然起了小小的骚动，我知道即将发生的事，再见到这一幕，再一次亲身经历这一幕，仍令我内心莫名地震颤起来。

乔——我是说，真正的乔——她裹挟着那身刚刚在化妆间撕碎的裙子婀娜多姿地走来，无视周遭枪林弹雨般汇聚而来的目光。她走到大厅角落，对那个喝得半醉的男人款款微笑："孟先生，我能请你跳支舞吗？"

孟半眯着眼看着这个女人，似乎一时没有认出这个主动的女人是谁，只是出于礼貌下意识地点点头，按照从小培训出的礼仪做出邀舞的姿势，乔轻轻将手搭在孟伸出的手臂上，两人缓步往舞池走去。四周的人群像触电般退让开，孟看着眼前打开的扇形空地，似乎意识到什么，他蓦地顿住，转头看向身边的高挑女子，她直视前方，并未看他。她侧面的脸孔有种油画的触感，相比起她的正面，更具有西方人种的轮廓。孟怔怔看着，仿佛此刻才认出来，这个女人，就是十几分钟前他试图羞辱的那个女演员，乔。

这个发现令孟脑中积聚起的醉意凭空消散，清醒如同深冬走出室内呼吸的第一口寒气一般窜入他的四肢百骸，冷到麻木。然而，除了带着僵硬的面孔和躯体继续走向舞池中心之外，他什么也做不了。

其余人似乎在同一时刻达成了某种无声的共识，乐队更换了一曲新的舞曲，歌伶一改慵懒的姿态与唱腔，站在麦克风后卖力演唱起来，处于舞池边缘原本跟着节奏摇摆身体的人自觉地退了出去，加入了舞池外那个密集而耸动的包围圈。舞池里当然还留着几对跳得好的，包括简和她的舞伴，但旁观者的焦点显然都已聚集在正中那唯一一对没有戴面具的人身上，孟和乔。

我挤在人群中，也看着他们——看着记忆中的我们。

我想要记得那时的感觉。我想要记得二十五年前当我第一次握住乔的手，而另一只手搭在她腰上的感觉。我想要记得当乔的手指与我手指交叠，当她的另一只手抚在我背上时的触感。我想要记得，当我们彼此拉近距离，近得能感受到对方呼吸出的热气。她很高，又穿着高跟鞋，几乎是与我平视相望，我们看着对方，我想要记得自己看进她那深渊般的黑色眼珠时的感觉。

我以为我是记得的，可是，当这一段记忆以这样一种近在咫尺的栩栩如生的方式再一次展现在我眼前时，我却疑惑了，我真的还记得吗，我记忆中的那些感觉，和当时真正的感觉，还是一样的吗？

二十五年的岁月横亘在我和我的记忆之间。

我陷入了短暂的茫然，就在这时，一曲终了，简和她的舞伴跳到了舞池的边缘处，她随着曲终摆出定格的舞姿，就在离我不远的地方。她意犹未尽地左右扫视，突然面具后精明的眼光定在人群中我的脸上。那目光像两条游离盘旋的蛇，似远又近，吐芯蜷曲而来。

"你是……"她忍不住出了声。

我心中大惊，方才一时的茫然让我忘记了掩藏自己的面目，也疏忽了进入实验前邓的提醒——进入记忆后一定要小心记忆中那些重要的人物认出自己，因为那很可能会造成记忆的混乱。

我迅速转过身挤入人群中，将手中的面具戴上。我能听到简正走出舞池，循着我的背影而来。

"等等——"简的声音从身后传来。

越来越多的人挡在我前方，无法出去。我看到年轻的乔穿着白色礼服长裙的身影被围在重重人群中，她无措地看着我，不知道发生了什么。

我冲向她，在人们注意到她的脸之前将手中的面具覆在她脸上："戴上面具！"

"什么？"

"戴上面具。"我重复着，在她用一只手将面具的拉绳戴在脑后时，我拉起她的另一只手，大步冲向舞池。

"你要干吗？"她惊慌地问。

"跳舞。"

大厅上方巨大华丽的水晶吊灯反射出炫目的旋转的光，更加热烈欢快的舞曲奏响，我和年轻的乔迈出舞步，双手交叠，她冗长的白色裙摆像一尾闪着银光的鱼，旖旎摇曳。

简无法直接冲进舞池，便拉过她的舞伴再次跳起来，她跳得心不在焉，只想不断地靠近我们。而我则带着乔旋转，不断与简保持距离。

有那么一刻，我们几乎紧挨着孟与乔，仅仅隔着一个跨步的距离，以同样的速度和舞步旋转着，仿佛周围都寂静而黑暗，光线只落在我们这一圈，两对男女共同起舞，跨越时空与记忆的共舞。

我甚至听得到孟与乔的对话，那字句和语调与我记忆中一模一样。

"你为什么不戴面具？"孟说。

"你看到的，已经是戴面具的我了。"乔微微一笑。

我低下头，看着眼前这个戴着面具的年轻女孩，她穿着平底的帆布鞋，不再如记忆中那样与我平视，她略微抬头看着我，黑色的眼睛在银白色面具的包围下闪着茫然而单纯的光芒。她还是乔吗，她是我所认识的，我所记得的乔吗？可是，两只手握住的触感，她腰上的弧度，她的手放在我后背上的温度，以及这近在咫尺的呼吸，都是那么熟悉，熟悉得像一杯醇厚浓烈的酒，入口即醉。

一曲结束，舞池边缘，我和乔定格在终结的舞姿上，我看着这个女孩，此刻她于我的陌生似乎暂时退去，令人沉溺的熟悉感涌来将我淹没，像寒冷时靠近炉火的刹那身体内热与冷交织蔓延开的网格，我陷进去了，陷进了猎网。我低下头，隔着面具，吻她。

热烈的起哄般的掌声响起，不为我们，是为了这场舞的主角，孟和乔。他们礼貌而刻意地向对方微微躬身致以谢礼，然后起身，乔看似亲密地贴近孟，在他耳边冷冷地说："现在，你觉得我适合演莉莉丝了吗？"

孟看着乔，乔面无表情地离开。

而另一个乔，她往后挣脱开我的手，面具下的眼闪烁而慌乱，继而转为气愤。她干脆利落地抬起手，打在我脸上，转身向着大门跑去，白色的裙尾飘荡在她身后，像一架正在远离的纸飞机。

"乔——"我脱口而出，不顾四周人的异动，追逐而去。

乔回头瞪我一眼，伸手要推开大门，就在那一刹那，她整个身体融了进去，不是跑出门去，而是就这么消失了。

我目瞪口呆，想起之前那能够穿梭的电影银幕，这是又一个传输点吗？我别无他法，在引起更大的异动之前，冲向大门，然后那熟悉的黑暗再一次将我包围。

我在黑暗中穿行，或者我只是在纯粹的黑暗中不辨方向地任凭两条腿摆动。寂静中我只听得到自己的呼吸声，急而重，仿佛梦魇。

就在这时，一个突如其来的女声像低沉的雷鸣般闯入黑暗中——"我只有你了。"

这句话像电击一样窜进我的身体，不等我反应过来，周遭的黑暗就像被吸空一样尽数散去。我发现我再一次坐在电影院中，但不是那个空旷的只有我和乔观看记忆的场所。我坐在满满当当的人群之中，只是看电影观众中的一员。

"我只有你了。"那苍老的、低沉的女声再次响起。

我看向银幕，是乔——我是说，作为演员的乔。

我知道自己处在哪一段记忆中了，这是《乐园挽歌》的电影首映式。

我看向座席前方，就在我斜前方的座位上，我看到了孟，穿着我记忆中的黑色西装，作为首映式的嘉宾，与电影主创坐在影院正中那排。

我看着二十五年前的自己，年轻，情绪泛滥——关于这一点，二十五年后的我似乎依旧如此，然而此刻，如果有人问我，真正地"看到"记忆中的自己是什么感觉，我会说，像看着另一个人。

我看到他沉浸于电影中，仿佛忘记了周遭人群的存在。我知道，只有关于她的段落才能令他全心投入，如痴如醉。

那是关于乔的段落，但更重要的，是关于莉莉丝的段落。

莉莉丝老了。她时常看着镜中的自己，后悔自己没有早一点死去。

她的皮肤干燥而散布着重重皱纹，头发稀疏花白，内脏日渐衰竭，日复一日，她只是拖着虚弱的脚步从卧室走到近乎荒废的庭院。这仍是个风光优美的观景之地，面向大海。她当然记得从小到大无数次地在这庭院里游戏或聚会，她看过大海每一个时分的景象，也记得从卧室阳台上望出去，那曾经郁郁葱葱的庭院花木，背景是壮阔的海面落日，年轻的莉莉丝和她同样年轻的情人、朋友在庭院中饮酒作乐，畅游嬉戏，仿佛最辉煌逍遥的时代不过如此。

然而莉莉丝老了，那些曾经的情人、朋友也同样老去。曾经的莉莉丝并不惧怕这一天的来临，因为她所处阶级的规则令她知道，只要她足够富有，依然会有源源不断的年轻的情人、朋友陪伴在她身边。也许有人会说，他们不过是为了从她这里获取金钱，可她也一样啊，她并未想从这些人身上得到什么真正的情感，也并不把他们看作真正的爱人或者友人。这只是一场各取所需的利益交换消磨时间罢了。

莉莉丝的父母从她出生开始就为她预计好了一切，甚至包括死亡，她将在觊觎她遗产的人们真心实意的簇拥中，体面地死去。然而她的父母却忘记了，无论预想和准备得多么无微不至，生而为人，就注定会品尝到被看不见的造物主翻手为云覆手为雨的滋味。

在莉莉丝五十三岁的时候，史无前例的经济危机席卷了全球，昔日的金融大厦群成了今日的金钱粉碎机，也成了死亡墓地。一个又一个曾经谈笑风生光鲜靓丽的大亨在极度的绝望与恐惧中选择从摩天高楼上迅疾坠地，一座座高耸入云的金融大楼成了消抹不掉的巨形墓碑，云来云往，夕阳的光线如同浇筑而下的猩红血液，被建筑上的玻璃外墙，反射出一道又一道粼粼血光。

莉莉丝父母给她留下的财产急速贬值了，同许多曾经富有的人一样。然而，她没有任何工作经验，也没有谋生技能，她名义上的丈夫和她离了婚，家中众多的用人尽数散去，那些甜言蜜语的情人和络绎不绝的朋友也在一夕之间消失了踪影。只有她的儿子——她丈夫带来的孩子——尽力帮她保住了这幢房子，帮她雇了一个负责做饭、清洁的老妇人，每个月寄来一些费用供她维持生计。可是，怎么够呢。她是从出生开始就只会挥霍的莉莉丝，即便困顿至此，她依然学不会节省度日。

后来，经济又开始慢慢复苏，旧的贵族倒下了，新的一批在金钱游戏的迭代中脱颖而出的富人正跃跃欲试地想要成为新的贵族。一些人出钱哄骗她签下了几份文件，要购买她手中的土地和产权。她以为那些东西再也不会值钱了，不如换些真金白银来得实在。她需要钱，她想要钱，她要用这些钱买回她昔日的生活。至于那之后的日子呢，她当然不会去想。于是，不费吹灰之力地，她的家族经营数辈的产业就此被瓜分一空。

莉莉丝六十岁了，独自一人住在空荡荡如鬼宅的别墅里。大部分的房间都闲置着，只有一楼的厨房、客厅，二楼的一间卧室还有使用的痕迹。照顾她的是另一个肥胖的中年妇人，做油腻荤腥的菜肴，不爱清洁，厨房被污浊的油烟覆盖上了青褐色的印记。她很少去一楼，不想见到那粗笨的妇人，活动范围只限于卧室和庭院。庭院已经好几年没人打理，荒草丛生，大理石铺就的石径早已被旺盛的杂草淹没。

唯一没有变过的只有庭院面向的那片大海，潮涨潮落，与世无争。

她的儿子偶尔来看她，没有像样的房间住下，就在客厅的沙发上睡一晚。深夜，莉莉丝走出卧室，站在二楼的走廊上，看着一楼客厅里那个躺在沙发上的身影。这个与她没有血缘关系的儿子已经三十五岁了，在他十岁时他进入了她的家庭，成为她用以充当母亲的道具。

"怎么了？"沙发上的男人突然睁开眼，仰望着二楼苍老的女人，低声问。

莉莉丝轻轻摇摇头，不知他能不能看清，她转身要回卧室，又停了下来，说："我只有你了。"

她低头看着他，而他亦看着她。他们之间隔了一个楼层，与漫长的静谧的黑夜。远方的海在流动，海浪声像一只纤弱的蜂鸟，振翅飞过荒芜凄楚的庭院。

——《乐园挽歌》


"我只有你了。"乔所扮演的莉莉丝呈现着令人心碎的老态，在黑暗中低声吐露。

镜头拉远，容括下二楼到一楼完整的场面，荒凉颓败的别墅，两两相望的两个人，莉莉丝和她名义上的儿子。

我的心神几乎要被这一幕再一次吞噬进去。哪怕这仅仅是我记忆中的一个刹那，哪怕距离这段记忆的二十五年当中，我反复地观看过这部电影，反复地回味过这一幕，却仍然不能抵挡此刻那近乎骇人的引力。这一幕仿佛是一个黑洞，只对孟有强烈引力的黑洞，每一次都能精确地命中准星，而我是孟，我就是这个可悲的无路可逃的男人，我被命中了，再一次地。

　　我看向斜前方，二十五岁的孟怔怔地坐在座位上，眼中同我一样噙满泪水。他被这一幕死死抓住了，被将他的文字转化为影像的真切抓住了，被栩栩如生活于银幕上的莉莉丝抓住了，他，被一个叫乔的女演员抓住了。

　　他几乎是无意识地，就这样陷落下去。

　　电影首映完毕，孟迫不及待地最先走上台，不等观众的掌声停息，也不等主持人开始采访，他近乎粗鲁地抓过麦克风，毫不犹豫地说："我想向一个人道歉。"

　　掌声戛然而止，主持人愣在当场，正缓步走上台的主创们都停住了脚步，无措地看着台上那位不按常理出牌的作家。

　　孟丝毫不理会场面的尴尬，继续他的自白："我想向一个我曾经怀疑演不好角色的演员道歉。"

　　他说着，看向不远处的主创群，找寻乔的身影——她站在演员队伍的最末，依然穿着一条黑色的丝质长裙，比起其他打扮得光芒四射花枝招展的演员，她低调得近乎无趣。然而此刻，孟愿意将她比作黑色的闪电，黑色的雷鸣，黑色的湍急的河流，黑色的万丈的银河。她就在那里，与他隔着十几步的距离，像最遥远的宇宙和最近的黑洞，抓住他，吞噬他，他心甘情愿葬身于这壮丽的黑色之中。

　　他直直地看向她，没有丝毫遮掩："我想向你道歉，乔。"

　　窸窸窣窣的议论声自短暂的沉默中蔓延开来，所有人的焦点终于汇聚到了同一个地方，乔。而她愣住，第一次将目光投向台上的年轻男人。

　　"我为我之前的无理言辞道歉，为我之前对你的质疑轻视道歉，为我之前说你不配演莉莉丝道歉。"孟直视着乔，语气诚恳，"我错了。

你就是莉莉丝，你是最好的莉莉丝，你是我心中的莉莉丝。你是我的缪斯，从今往后，我将只为你而创作。"

巨大的哗然几乎掀翻了放映厅的屋顶，记者们的长枪短炮闪烁如夜空炸开的烟花，对准了今夜真正的主角，孟，以及惊诧的乔。孟和乔，这是这两个名字第一次连接在一起。

我坐在观众席中，看着这业已被定格的一幕再一次上演于眼前，不知该作何反应。我不断提醒自己，这只是记忆，只是脑海中的片段，但身处其中，依然忍不住心潮起伏。可是，真正的乔，我的妻子，已经记不得这些了是吗？

就在虚无即将将我包围的一刻，我突然看到一个熟悉的身影从混乱的人群中挤出，走向出口——白色衬衣、蓝色牛仔裤、白色帆布鞋。我脱口而出："乔！"

然而鼎沸的人声淹没了我的声音，那白色身影一闪而过，再次消失在出口处。我拼命推开人群，冲向同一个出口。

我不能再丢失她。

一步出放映厅出口，场景便无缝转换为夜晚的街道，殖民时期遗留下的巴洛克式建筑群整齐地矗立在道路两边，像一个个垂暮的巨人，寂静地注视着时间在他们身上刻下的一道道伤疤。

白色的背影似乎被这一幕震慑住，她停住脚步，转过身来："这是你造的迷宫对吗？"

"什么？"我愣住。

"不管我怎么跑也出不去。"乔远远地看着我，"你想把我困在里面吗？"

我摇头："我们迟早要出去的。"

"迟早？"

"只要……只要你想起我。"

"我为什么要想起你？你到底是谁？"乔脸上浮现出些许愤怒的神色。

我正想回答，街道远处传来人声，我知道是谁，他们来了——孟和乔。

"躲起来，快。"我跑向女孩，小声说。

"你又想做什么？"

"也许你看完这一幕，就会想起我。"我不容分说地拉住她，将她带到街边的建筑阴影里，"但我们不能被他们发现。"

"他们？他们是谁？"

我回头望着年轻的——甚至于我的认知而言过于年轻的——乔，她有着我熟悉的却又更加活力而光彩的面容，但她的性格、她的思维，却令我全然捉摸不透。这是真正的乔吗？那么，那个在我身边二十五年的女人，我的妻子，又是谁呢？

雾气覆盖上街道，昏黄的街灯越发朦胧，街景像泛黄褪色的旧照，影影绰绰的两个人影在雾后由远至近，只有脚步声显得太过清晰。

孟和乔沉默地走着，中间隔着一臂的距离。他们还穿着首映礼上的礼服，同样是黑色，像两个参加完葬礼的同路人，脸上看不出什么表情。

孟看向这个自始至终不发一言的女人，忍不住说："你就打算一直不跟我说话吗？"

乔看了一眼孟："我不知道有什么可说的。"

孟有些自嘲地笑起来："可我已经当着所有人的面说你是我的缪斯，但我的缪斯却不肯和我说一句话。"

乔自顾自地走着："我不明白你想做什么。"

"我对你说的每句话都出自真心。"

"那么几个月前你是怎么说我的，你的直觉告诉你，我不是莉莉丝，这也是出自真心的吧。"乔冷笑。

孟一愣，继而笑起来，追上前去："我很高兴。"

乔停住脚步："什么？"

孟笑得眯起眼："我很高兴你记得我说过的话，一字不差。"

乔微微一滞，继续往前走："再见。"

孟看着乔的背影："你不想听我的解释吗？"

"再见。"乔并不回头。

雨开始下坠。一滴雨从孟的眉间滑落下来，顷刻间，大雨倾盆。

乔穿着礼服长裙、高跟鞋的背影在如注的雨势中踉跄起来。

孟跑上前："我送你回去，我的车在前面。"

乔正要开口拒绝，孟已经脱下外套举在两人头顶。

他们冒雨跑到车边，孟下意识要替乔拉开车门，然而乔纤瘦的身体却径自挡在车门前。她抬起头，雨水打湿了她的面庞，几缕黑色的发丝落在她的锁骨上，黑色丝质长裙湿漉漉地紧贴她的躯体。她看着他，嘴角突然拎起一个漫不经心的笑，全然不见往常低眉顺眼的平淡，仿佛换了个人一般，她微微上挑的眼睛里不加遮掩地露出挑衅的目光："所以，就因为我演好了你最喜欢的角色，你看上我了？"

孟愣住，不等他做出反应，乔的手臂已经攀上了他的脖颈。她靠过来，以极近的距离，咫尺到他能看清她睫毛上的水珠。然后她略微侧过头，鲜红的唇靠近他的耳朵，湿热的低哑的气流吹进他耳里："所以，莉莉丝是谁？是你想要又要不了的人吗？"

孟的身体微微一颤，他低头看着这个突然化身恶魔的女人，隐隐约约地，他感觉自己似乎在她的面孔中看到几许熟悉的轮廓，他急切地想要辨别清楚她究竟是谁，可是她鲜红的唇已经猝不及防地吻上了他的嘴唇。带着潮湿的雨的痕迹，绵软地、欲拒还迎地交缠于他的唇齿间。

孟的脑中一片空白，只是本能地去迎合她灵动的唇舌，追逐她，捕捉她。

她突然睁开眼，将头往后仰，脱离他的追逐。

他像个失去玩具的孩童，懵懂无措地看着她。

她黑色的瞳孔像两柄利剑，从无底的深渊挥舞向他胸中跃动的心脏。她用近乎轻蔑而戏谑的神情看着他，声音却越发低哑诱人："这就是你想要的？"

然而，不等他被激怒或冷静下来，她丝毫不给他予以反击的时间。在那瞬间，她再次变换了一副神情，仅仅是神情的更改，却仿佛魔术戏法一般变成了另一张面孔另一个人——那个足以直击他要害，令他的理智彻底覆灭的人——莉莉丝。

她变成了电影中那个令他心醉神迷的莉莉丝，不，她就是莉莉丝。她衰败而荒凉地仰头看着他，用灰冷却又残存着一丝丝渴求的声音对他说："我只有你了。"

他脑中轰然爆炸开的火光吞噬了他所有的思绪，唯一留存的只有属于动物的恐惧与兽性。

　　他粗鲁地打开后车门，将她推进车里，她摔在车后座上，他躬身进入狭窄的车厢内，覆在她身上，用手支撑身体。他的面孔几乎与她的脸贴在一起，彼此呼出的热气扑在对方的脸孔上，她湿漉漉的身体紧贴着他的躯体，他用一只手拉起她腿上的丝质裙摆，她潮湿而光滑的腿像蛇一般冰冷而迷离地缠绕住他，他已经脱不了身了，身体滚烫得仿佛到达沸点，他在燃烧，他刺入这条冰冷的蛇，亦被这条蛇诱入最深处。

　　车外的暴雨仿佛从天而降的幕帘，漆黑的夜，氤氲的街灯，雨水敲击车顶与路边的磅礴声响，将车内潮湿的呻吟与呢喃淹没。寂静仿佛小火熬煮的中药里逸出的一味苦涩，悄无声息地扩散于这暴烈而震颤的黑夜之中。

# Chapter 05

# 骤醒

"我为什么会变成这样的女人呢？"

　　天空将亮未亮的凌晨时分，我和年轻的乔走在无人的街道上，很长时间没有说话，但充斥我们周身的并不是寂静。记忆——我的记忆——再次以无孔不入画面式的形式包围了我们。街道上的玻璃橱窗、广告屏幕、电子时钟……任何能承载影像的平面都在连续不断地播放着我的记忆，不同时间段，但都是在孟和乔发生关系之后那几年的记忆。

　　我们如同置身于光怪陆离的科幻电影中，在最初的惊慌失措之后，我很快冷静下来，这只是形同于电影院播放记忆的另一种形式。那几年的记忆是美好的，也许因为这样，它们占据了头脑中很大的空间。我无法一一将它们详细地展现给乔，时间也不允许我带领乔一段接一段地再次深入其中亲身感受，最终只能用这铺天盖地的形式，将这些记忆仓促而强硬地堆积在乔的眼前。

我们看到在《乐园挽歌》的电影首映礼之后，孟和乔开始出双入对，他们一起参加派对，一起纵酒狂欢，一起出席典礼，在媒体追逐的报道里，他们俨然是一对情侣。可是他们却始终统一口径，对外从来只宣称是朋友，或者好朋友。

人们当然不会看好他们，不管是以情侣的身份还是所谓的朋友。一对相差十岁的男女，一方是炙手可热受人追捧的明星作家，一方是三十五岁仍碌碌无为的演员，这样的组合，除了短暂地给众人平添一些闲暇时的谈资，必定是长久不了的。

直到接下来几年，由孟的小说改编而成的几部电影都是由乔出演女主角，孟甚至亲自为她撰写剧本，人们才逐渐意识到，当初这个年轻男人当众宣称的那句"你是我的缪斯，从今往后，我将只为你而创作"并不是兴之所至的玩笑。

人们的谈资也从当初的不看好渐渐转为了——乔，这个年近四十的女演员，到底有何魔力，能让一个小她十岁，曾经浪荡不羁的大众情人为她倾倒？以及，接下来呢，孟和乔，他们会何去何从？

雨后的街道上积了水，那坑坑洼洼的水潭也成了一个平面，模糊不清地回放着我的某段记忆，孟和乔携手走过某个红毯，在记者们用相机闪光灯交织而成铺天盖地的光网中，训练有素地牵手、微笑。一辆车从街道远处驶近，车轮碾过水潭，水面上的记忆影像瞬间被碾碎，水花四溅，散开的水珠上仿佛还映射着相机拍摄时明明灭灭的闪光。

车开远，年轻的乔盯着水花落地，积水晃荡着浮起肮脏的泡沫，上面更加模糊扭曲的影像破碎了又聚集，她突然没由来地问："我为什么会变成这样的女人呢？"

我看着她，她依然盯着那摊混浊肮脏的积水："我不明白，我怎么会变成这样，随便地同一个与自己毫无感情的男人上床，在众人面前假装和这个男人有亲密关系，为什么要这样做，她根本不爱他。"

我像是猛地被人狠狠揍了一拳："你说，她不爱他？"

"当然。"她总算转过头来，一副笃定的样子，"这些记忆，这些影像里，她从来没有一刻爱过他，不是吗？"

"那怎么不是爱呢？最开始时他们之间是没有爱，可是你看了这些记忆影像，这几年他们之间不可能没有感情。"我反驳。

"可他们看起来只是因为利益和名声被捆绑在了一起，这个男人，我不知道他为什么看上她，我不觉得他爱这个女人。"乔振振有词。

我还想说些什么，细细的雨丝打在我脸上。我顺势抬头，灰暗的天空正一点点发亮，清晨时分，新一天的昼正在降临。

寂静的街道尽头传来奔跑的脚步声。

我立即知道到来的将是哪一段记忆，心中甚至涌起雀跃与得意，我看着身边固执的乔，坚信这一段记忆能颠覆她那荒唐的定论。

"等着看吧。"我信心十足地对她说，带着她躲到电子广告屏幕后，等待那个奔跑的身影经过。

孟当然是爱乔的，至少曾经是。

在灰蒙蒙的细雨绵绵的清晨，三十岁的孟跑过街道。

他头发凌乱，虽然穿着正装，却因为在雨中奔跑，衣服浸湿，裤腿溅上泥点，很是狼狈。但他像是有什么紧急的事，只顾沿着街道奋力往前跑着。

我和乔悄悄跟着他，他跑得很快，我们不得不加快脚步。

跑过街道，跑过橱窗里纷繁的记忆，跑过隧道，隧道里风很大，将他的黑色西装向身后吹起，他像是电影里的超级英雄飞往等待拯救的城市或星球，坚定不移，迫不及待。

一直跑，一直跑。

乔跑不动了，她费力地拉住我的胳膊，示意我停下来。但我不能停，我不能让乔错过这段记忆。我用力拉住她的手，拽着疲惫的她，跟跟跄跄地继续追下去。

一排高高低低的住宅在道路尽头，孟跑向其中一幢灰色的二层小楼。房子前有小小的院子，铁门锁着，他毫不迟疑地纵身翻过开满蔷薇的绿色篱笆矮墙，落在修剪整齐的草地上，大步流星地朝房门走去。

然而到了房子的台阶处，他却突然迟疑了，停顿了几秒，转身坐在台阶上。

他脱下西装搭在肩上，扯开领带，他的呼吸还没有平复，大颗大颗的汗水沿着额头、脸颊、脖颈滚落进松开了两颗纽扣的衬衣里，他摸出一支烟，点燃，用力吸了一口，缓缓吐出。他慢慢平静下来，在蓝色的烟雾中望着远处出神。他低头，又吸了一口，忽地看见裤脚边上沾了一片白色蔷薇花瓣，他用手拿下，举在眼前，仔细看，新鲜单薄的花瓣底部还泛着微微的青色，他忽然没由来地笑了笑。雨不知何时停了，朝阳从灰色的云间钻出，光线是金色与红色的交织，却不刺眼，轻轻柔柔地穿过花瓣，落进他眼里。

身后的房门在这时候打开，熟悉的惊讶的声音响起："……孟？"

他将花瓣握在手心，站起身，嘴角扬起笑意，转身，却顿住。

四十岁的乔和一个看起来与她差不多年纪的中年男人正站在打开的门内。她穿着一件黑色的丝质睡袍，细细的吊带挂在锁骨边缘，外搭同等质地的黑色睡袍，没有系带，松落落地披在身上，黑色的蓬松长发侧披在胸前。而那个男人身着剪裁合身质地精良的西装，是要出门的样子。

此刻，男人看着狼狈的他，不动声色地将一只手揽在乔的腰间，问："这是谁，乔？"

"他是……"乔迟疑着，不安地看向他。

孟一步跨上台阶，与男人平视，声音轻松："你是她丈夫吗？"

男人一顿，沉声说："当然不是。"

孟脸上的笑意更深了些："你打算和她结婚吗？"

男人吃了一惊，眼中闪过一丝犹疑，面色更阴沉了些："你什么意思？"

乔沉默地低下头。

孟走上前一步，直视男人的眼睛："那请你让开，我要求婚。"

乔猛地抬起头，怔怔地看着孟。

"……什么？"男人还陷在震惊中。

孟单膝跪地，伸手握住乔的手："乔，你愿意嫁给我吗？"

乔冰冷的手指在孟的手中发抖。

男人急了，上前想要扯开孟的手："你到底是谁？发什么神经？！乔和我在一起！"

孟丝毫不理会男人的暴怒，凝视乔的眼："乔，无论你有什么样的过去，我不在乎，你愿意嫁给我吗？"

乔看着孟，耳边是男人粗鲁的指责，她脸上的震惊渐渐变换出一丝恶作剧似的戏谑，但这表情仅仅只存在一瞬间，男人没有看清，孟也没有看清，接下来，她已变成了郑重其事的模样，低声却肯定无疑地回答："我愿意。"

男人惊愕地停滞下来。

孟和乔看着彼此，手指交缠，脸上同时露出柔情而冰冷的微笑。

"现在，你肯相信他们——我们是相爱的了吧？"我和年轻的乔远远地躲在篱笆墙外，目睹了这一幕不同寻常的求婚。我转头看着她，小声确认。

然而她并没有理会我，低着头，若有所思。

我还想说什么，乔突然猛地站起来，朝着院子里的人大喊："等等！"

我被她突如其来的举动所吓，一时间没了反应。

她急切地喊着："他根本不爱你！"——是指"他"还是"她"，我不知道。

我终于反应过来，站起身想要制止她："你疯了！这是记忆，不是真实！"

记忆中的孟和乔站在门廊处，疑惑地看着我们。

"那又怎么样，不管是记忆还是什么，他就是不爱她的！"年轻的乔继续激动地说着。

孟和乔开始向着我们走来，眼中渐渐浮现起惊恐的神色。

我脑中一片空白，本能地扑向身边的乔，我和她一起摔向白色的蔷薇花丛，铺天盖地的蔷薇包围了我们，穿透我们的身体——我们在坠落，在一片无垠的虚空当中，无尽白色的蔷薇花仿佛极大又仿佛极小，层层叠叠，似幻似梦，我们在花海中无止境地下坠，如同落入了迷幻的异次元。

我的手还按着乔的肩膀，我们看着彼此惊恐的神情。但很快，愤怒驱逐了我的恐惧："你疯了吗？那是我的记忆，我的记忆！你知道被记忆里的自己看到自己，会让我的记忆混乱吗？"

她胆怯地看着我，却依然固执地说："你的记忆根本是在骗你。"

怒火烧灼着我的理智："你知道什么？！你已经彻底忘记了我，你有什么资格质疑我的记忆？！"

乔怔怔地看着我，像是听不懂我的话。

她无知无觉的面孔仿佛不断生长开的冰晶，将我心中的火焰瞬间冻结。

她不记得我，看过了这样多的往事，她仍然没有想起我，并且，她不相信这些记忆。

我避开她的视线，灰心丧气的心情像一桶搅拌好的涂料，正淋漓地粉刷着我脑中的执念。

我为何一定要让乔想起我呢？

她已经病得这样重，她的器官、她的理智，甚至她的心跳，都在随着病症无可避免地衰竭着。我为什么要苛求我的妻子想起我和她的过去呢，我可怜的将死的妻子。就让她忘了我不好吗，我给她带去过什么，这些所谓的记忆真的那么重要吗？

白色蔷薇从天空缓缓坠落。

我突然清醒过来，发现我们不知何时已停止了下坠，下坠的是花朵，不是刚才那些如梦似幻的异次元的蔷薇，是真实的花朵。我们又进入了另一段记忆中。

教堂的钟声敲响。

我们置身于宏伟壮丽的教堂中。

教堂里站满了穿着正式的宾客。

白色花瓣不断撒落。

穿着白色婚纱的乔，缓步从我眼前经过。

我猛地一惊，下意识地转过头——年轻的乔还在我身边，我们的手甚至紧握着彼此——我们又在目睹一段记忆了，四十岁的乔与三十岁的孟的婚礼。

那仍是孟十岁时参加黎与孟的父亲婚礼时的教堂。不同的是那个跟在新娘身后捧着头纱亦步亦趋的男孩，成长为了此刻站在红毯的尽头的三十岁男人。而当初那个用一场婚礼一个背影就对一个男孩下了诅咒的女人——孟的继母，黎——五十五岁的黎站在继子身边。

黎当然衰老了，但并不是以惯常的触目惊心的方式。她依然是优美的存在，以至于和她的同龄人相较时，她那种令人嫉妒的从未经历过世道艰难的美甚至比年轻时有了更鲜明的表达。

孟眼角的余光始终停留在这位母亲身上，像一只细微的脆弱的蚊蝇，悄无声息地飞越她纤细的脖颈，她修长的手指，她鬓边滑落下的一根发丝。他不自觉地伸出手，触及那仿佛命悬一线的发丝，轻轻将它别到她的耳后。他的食指轻微而短促地触碰到她的耳尖，触电般缩回。

　　黎笑着看了他一眼，但那笑并不是针对他的这个举动，甚至不是对他——今天婚礼的主角的。那只是她惯常的笑意，优雅而富有风情，是向所有人投递出的毒药，很少有人能幸免。

　　孟的手垂在腿边，大拇指摩挲着食指指尖。

　　管风琴演奏的《婚礼进行曲》响彻教堂，那仿佛能引发身体共鸣的回音，让现场的氛围几近肃穆。

　　穿着隆重繁复的白色婚纱的乔独自从教堂尽头缓步走来。

　　乔没有父母，甚至连亲属也没有，她也不愿意让别的什么人暂时代替"父亲"这个角色，于是罕见地，四十岁的新娘一个人穿越两旁重重的注目礼，向着新郎和他的家人走来，没有长辈的托付，只是孤单地走向这个男人。

　　有几个短促的刹那，孟错觉自己看到走来的人是黎，穿着婚纱的黎。

　　他不知道是因为乔扮演过太多次他笔下那些由黎幻化出的女人，还是因为乔本身就与黎长得有些相似，抑或是因为他心中的那一簇火苗，可怕的无法面对的火光隐秘地烧灼着他的神经。

　　无以名状的焦躁一分一寸地攻陷理智的城池。

　　这肃穆得如同举行葬礼的教堂，这庄重得近乎滑稽的礼服，这华丽得毫无意义的婚纱，这些该死的没完没了的花瓣，这虚伪的看热闹的人群，这垂死呜咽一般的管风琴，还有身后那个垂老却依然沉迷肉欲的愚蠢父亲，以及身边的这个女人——这个精心策划了今天隆重奢华一切的大张旗鼓的女人，都让他感到溺水般的窒息。

　　他只想毁了这一切。

"你是否愿意成为她的丈夫，从今天开始相互拥有、相互扶持，无论是好是坏、富裕或贫穷、疾病还是健康，都彼此相爱、珍惜，直到死亡才能将你们分开？"年老但声若洪钟的牧师发问。

孟发现此刻他已和乔一起面对牧师。

他转头看着乔，这个认识了五年的女人，这个即将成为他妻子的女人，然后慢慢地吐出回答："我不知道。"

哗然。

他已经准备好了面对乔的震惊和愤怒，甚至当场离开。

乔转头看着他，她化着细致妆容的脸在如此近的距离中还是显现出一丝中年人的衰老，然而奇妙的是她的眼神，时而混浊如老人，时而又透出十来岁孩童才有的兴奋的光彩。

他看不透她。

乔再次露出那种独特的漫不经心的笑容："我也不知道。"

更加剧烈的哗然。

孟突然轻轻笑了一下，向她伸出手："走吧。"

乔握住他的手："好。"

孟拉着乔，向着教堂大门大步走去，继而跑起来。

一切都被他们抛在身后。

他们并非信念坚定地要离开这一切，他们只是对这一切形式感到厌烦。他们并非对彼此的爱意坚信不疑，正相反，他们只是不想伪装出那种人们习以为常的深爱或痴迷。孟和乔，他们爱对方吗，连他们自己都不知道。

他们只是在想要逃离这种荒唐的形式上达成了默契。

那么，就一起逃吧。

就像所有的烂俗而夸张的新娘落跑电影桥段一样，白色婚纱的巨大裙摆在蜿蜒的弧形阶梯上如波荡漾，精致到锋利的高跟鞋飞快地踏过每一级台阶，漫长的头纱飘浮在新娘脑后，像一个倒转的白色惊叹号。如果对前来的宾客来说婚礼是一场刻意而千篇一律的戏剧的话，那么他们心底也许也在暗暗期待着万分之一概率的转折——对戏剧而言的老套，却是现实中难以一见的戏剧——逃婚。

今日的宾客无疑是幸运的，普通人一生中参与的若干次婚礼中，也未必能遇到一次这样的戏剧化场景。更加幸运的是，比起虚构故事中新娘或新郎一方单方面的落逃，此刻那婚纱旁如影随形的男人让这场戏剧有了更不一样的新意。新郎和新娘一起从他们的婚礼中出逃了，却又非要逃离彼此的婚姻。

教堂外埋伏守候已久的媒体骚动起来，闪光灯交织成密密麻麻的渔网，疯狂地向着一黑一白两尾鱼收拢而来。

一位摄影师在无尽的连拍中收获了一张光线、角度、构图、动态、表情、戏剧性甚至连乔的婚纱裙摆都极近配合地飞扬起来的恰到好处的照片，并随后成为最具盛名的新闻杂志周刊封面。这张照片席卷了全球网络与报刊杂志，被模仿，被恶搞，成为艺术家的灵感来源，并最终被评选为那个世纪的百张经典照片之一。而孟与乔的这次逃婚，也因为这张照片，被称为"世纪落跑"。

当然，眼下，人们最关注的是，孟和乔，他们逃去了哪里？

漫长得仿佛没有尽头的葡萄架隧道再一次出现在孟眼前。

他把脱下的亚麻外套扛在肩上，白色衬衫的袖子卷到小臂，干燥灼热的阳光径直打在他的皮肤上，遥远而陌生的触感。

乔从车上走下，穿着无袖亚麻连衣裙，用一条白色真丝纱巾包裹着脖颈和肩膀，她透过玳瑁墨镜打量眼前的景象："你有多久没回来过了？"

"二十年。"孟笑了笑，往前走去。

乔想了想："十岁？"她跟在他身后。

"嗯。"

他们一前一后地走入葡萄架间隔的细窄道路上。

乔不紧不慢地说："你从来没讲过你的过去。"

孟没有一丝停顿："我写在书里了。"

乔闲话似的接了一句："但那也算不上真正的你。"

孟微微一滞，又继续走，看似毫不在意地扯开话题："你也从没告诉过我你的过去啊。"

乔轻轻地笑起来，她的笑声像一片羽毛，缓缓拂过孟的后背："我们真的是要结婚的人吗？"

孟也忍不住笑了笑，停下脚步，转过身："可是，人一旦过掉了预期生命的一半以上，从头梳理过去就变成了一桩越来越花时间与精力的事。一旦人们认识到他们的生命中'过去'所占的比重会大到覆盖了越发稀少的'未来'，他们也就懒得从头讲起了。"

乔赞同地笑起来："所以，你该明白的啊，我还比你大十岁，还要多讲十年，好累。"

孟伸手拨去掉落在乔肩上的一根发丝，又转身往前继续走："你喜欢这里吗？"

乔停顿了几秒，她的声音从后面传来："不喜欢。"

孟咧嘴笑起来："我也不喜欢。葡萄园原本是我姑妈家的，但他们一家都去世了，这里归了我父亲，他雇了一家农户负责打理，就是这样。"

"你要是不喜欢这里，为什么要回来。"

"我大概想让你看看我小时候生活的地方吧。"孟看着远方连绵的葡萄架，"你从我二十五岁以后知道的我，只是一部分的我，现在我想把另一部分的我，也让你看到。"

孟身后一直跟随的脚步声戛然而止。

孟转过头，乔怔怔看着他，脸上是他从未见过的小女孩般的神色，那微妙的闪耀的神情转瞬即逝，她又变回了那个心血来潮令人捉摸不透的女演员："我们结婚吧。"

孟愣住："……在这里？"

乔没有应声，自顾自地将肩上的白色纱巾解开，胡乱地盖在头上，这才抬起头，满眼期待地看着他。

风起，白色纱巾紧贴着她轮廓鲜明的脸孔，飘荡在她脑后，她的面容和眼神在半透明白纱的覆盖下氤氲得模糊而柔软。

孟慢慢走到她身边，握住她的左手，一字一句地问："你确定？"

乔透过纱巾凝视他的眼："你确定？"

无数纷繁的记忆画面在那一瞬间剧烈地席卷过孟的脑海。

一个穿着泛黄旧衬衫的小男孩背影在葡萄架间竭力奔跑。

高大健壮的未来的葡萄园继承人在后面追逐。

第一次见到黎时她从阶梯上走下时面无表情的脸。

赤身裸体的简背对着他站在黎明时的窗台前吸烟。

盛大的舞会，醉倒的人群，在人群中与人调情的黎，似有若无地看过来一眼。

无人的海边，黎穿着白色的长裙赤脚走在沙滩上，他远远地跟在后面，小心翼翼地一步步赤脚踩在她留下的脚印上，沙砾柔软潮湿。

电影里乔扮演的莉莉丝，在寂静的深夜，声音回荡在空旷的别墅——

"我只有你了。"

小男孩还在奔跑。

他大口大口的喘息声盖过了所有声音。

继而他的喘息声又被尖厉的婴儿啼哭所覆盖。

纸箱里的婴儿啼哭着看向繁星点点的夜空。

夜色很美。

星辰闪烁。

孟抬起乔的左手，在无名指上吻了吻，然后他俯下身，隔着纱巾亲吻乔的嘴唇。

白色纱巾印上红色唇膏印，像一抹蚊子血。

孟摘下乔的纱巾，手一松，那纱巾就随风而去。

他们再次亲吻。

白色纱巾游荡在绵延的葡萄架间，然后飘向天空，被炽烈的阳光穿透，不断飘远，不断。

白色纱巾飘远成为银幕尽头的白点，我再一次坐在了空旷的放映厅中，我和乔。

这一次，年轻的乔就坐在我旁边，专注地看着银幕。

　　我转过头看她，说："这就是我想让你记得的故事，不，这不是故事，这是真实发生过的事，不管现在看起来有多么难以想象，但这就是我们一起走来的路途，是我们的共同记忆，乔，我只希望你不要忘掉——"

　　乔出其不意地凑过来，在我耳边轻声说："闭嘴。"然后侧过头，吻我。

　　我愣住。

　　她的唇舌温柔地覆盖上来，像一只慵懒的猫咪。

　　我下意识地回应她的吻。

　　那是冬日晴天的感觉，又寒冷，又拂扫过一缕几不可触的温暖。

　　我们停下，彼此注视，轻轻喘气。

　　我还处在眩晕与惊诧之中，但一种久违的感情如浪潮一般缓缓涌起。我看着乔，汹涌的情绪撞击着我的理智，我用颤抖的声音问："你……想起我了？"

　　年轻的乔注视我，一点点露出笑容："我记得你。"

　　泪水冲击我的眼眶，此时此刻，我好想拥抱她，我的妻子。

　　"乔……"

　　她的眼中充溢出火焰般的爱意，柔软的嘴唇缓缓张开，闭合："你是陆。"

　　我几乎忘记了呼吸。

　　"你是陆——"

　　她的声音突然无尽拖长，身影像射线一样四散而去。

　　我从灭顶的震惊中突然回过神来，我的意识正在从记忆中抽离。可是，邓明明告诉我，要等我想到那句"暗号"之后才会让我离开。

　　然而我无力抵抗那无处不在的白色的覆盖，我再次陷入脱离记忆时的纯粹空白中。


孟缓缓睁开眼。

刺眼的灯光涌入瞳孔。

繁杂的人声渐渐被耳朵辨识清楚。

"——心率恢复正常。"

"——呼吸正常。"

在那太过耀眼的光线中，一张巨大的面孔如天神降临般逆光俯视孟。孟眼中因光线刺激涌出眼泪，他用湿润后的眼睛看着那面孔，意识恢复，认出是邓。

邓神色从容："你醒了？"

孟猛地坐起，环顾四周，发现自己仍置身于实验室中央的方形池中，试验台浮于碧蓝色荧光闪烁的水面上。而实验室顶部是一整面银幕，邓的面孔正拓印其中，关切地看着自己。

"孟先生，抱歉，实验还未停止，我只能以这样的方式与你见面。"屏幕上邓的嘴一张一合。

"什么意思？我怎么会突然醒来……你不是说只有在我想到暗号以后才会将我唤醒吗？"

"因为出现了紧急情况，不得已只能将你强制唤醒。"邓微微皱眉。

"……紧急情况？"

邓深吸一口气："五分钟前，我们突然追踪不到乔的意识。"

孟睁大眼："什么意思？"

"原本你和她的意识都处于你们的共有记忆中，你们的意识会以微电流的形式反馈给我们。"实验室屋顶的屏幕从邓的面孔切换为一张闪烁的数据图，红色、蓝色、黑色三条曲线不断变换缠绕，邓解释道，"红色代表乔的意识，蓝色是你的意识，而黑色代表你们的共同记忆。实验开始后，这三条线一直不断交错，也有很多相交点，但就在刚才——红线消失了。"数据图移动到最末，红线戛然而止，只剩下蓝线和黑线继续延长。

孟惊愕："你的意思是……乔没有意识了？！"

"不，孟先生，乔的生理数据监测显示她一切正常，只是她的意识脱离了我们原本设定的监控范围。也就是说，她的意识已经离开了你和她的共同记忆。"邓的面孔重新浮现在屏幕上，"所以我不得不将你紧急唤醒。在你醒来之前，你和乔发生了什么？"

孟愣住，刚才在记忆中发生的片段再一次以记忆回溯的方式浮现出来，这感觉很奇怪，如梦似幻，真实和虚无仿佛混淆了界限。

"我们看了当年的婚礼，只有我们两个人的婚礼……她说她记得我，我以为她真的想起了……可是她很肯定地说我是陆……"孟无法继续说下去。

邓陷入思索，他显然毫不在意孟言语中的苦涩，仅仅是被这突变的事实激发了极大的兴趣："没记错的话，决定实验之前，乔一直疑惑你是不是那个名为陆的人，或者追问陆在哪里，对吗？"

孟点头。

"也就是说，在此之前，她只记得'陆'这个名字，关于这个人的记忆也已经模糊不清。但在你们回溯共同记忆的时候，有什么东西引发了她，让她确定了陆这个人的存在。"邓语气平静，但面容却渐渐凝重。

"这和乔的'失踪'有什么关系？"孟不解。

"我推测，在乔确定'陆'这个存在的一刻，她的意识就超越了你和她之间的共同记忆，进入了她个人的记忆范围，她应该是去自己的记忆中寻找'陆'了。"

孟的思维仿佛死机般停滞，几秒钟后，又艰难地重新开启："……如果，她找到了呢？"

屏幕上邓一贯冷静的面容难得泄露出些许迟疑："一旦乔的意识体与记忆中的陆相见，这会形成一个属于她的意识和记忆之间新的闭合结构，而你……乔的记忆碎片中潜藏的那个'你'将不复存在。她会真正地忘记你，就像你从未出现在她的生命中一样。"

孟像没有知觉的人体模型一般，大张着空洞的眼，一动不动地盯着屏幕。然后，他像被电击般剧烈颤抖起来，然而他的手腕和双腿被牢牢固定在实验台上，动弹不得，他只能做困兽状徒劳挣扎，想要摆脱身上密密麻麻的仪器连接线。仪器此起彼伏地发出尖锐的警告啸鸣，仿佛一场交响乐。

"孟先生，请你冷静。"

"我要求立即停止实验！乔呢？立即让她醒过来！"

"不可能。"

孟停止挣扎，呆滞地看着屏幕上的邓："……不可能？"

邓神色凝重："乔的意识现在已不在我们的控制范围，此时如果强制唤醒，很可能会造成真正的记忆错乱。"

恐惧夹杂着虚弱从孟心中升腾而起："难道没有别的办法了吗？"

"有。但是，会是更大的冒险。"邓肯定地回答，眼中又不由自主地浮现出研究者那种特有的甚至有些残忍的兴味。

孟苦笑："难道我还有别的选择吗。说吧，要怎么做？"

"你将再次进入记忆。上一次，我们只连通了你和乔的共同记忆区域，而这一次，我会开放你们两人的所有记忆区，这将是更加庞大也更加混乱的迷宫。你要做的，是在这些记忆中找到乔真正的意识体，并与她建立新的记忆。"

孟愣住："新的记忆？我想要的是让乔找回旧的记忆啊。"

"你失败了，不是吗？"邓冷静地说，"眼下最重要的已经不是帮助乔找回真实的记忆，而是阻止她与她记忆中的陆形成记忆闭合。也就是说，你要在乔见到陆之前就找到她，不让她忘记你——孟的存在。不管她记得的是过去的记忆还是新的记忆，关键的是她要记得你。你们曾经的记忆碎片一直保留在她的潜意识中，只要她不是真正忘记你，就还有机会再实验。"

孟深吸一口气："明白了。"

"还有一个问题……"邓的神色有些谨慎，"这个叫陆的人，是谁，你知道吗？"

孟微微一怔，没有立即回答。他侧过身，低下头，看着右手边荧光荡漾的池水。乔仍浸没于水中，波光粼粼的水面模糊了她的轮廓，呼吸面罩遮住了她部分面孔，此刻，只看得到她闭着的眼睛，看不清斑驳的皱纹，也不再有歇斯底里的神情，她显得如此年轻又如此平静，像沉睡水底的人鱼。孟忍不住想要用手触摸那池水，仿佛那样就能触碰到她似的。可他的手微微一动，才意识到手腕处仍旧被固定在实验台上。

孟转过头，平静地说："乔和我说过一次，陆，是她的初恋。"

　　邓看起来并不吃惊，也没有更多追问，只是点点头："我想，这对你找到乔会有帮助。我们开始吧。"

　　孟若有所思，重新躺下。

　　试验台缓缓移动到方形池边缘。

　　一个研究人员进入，为孟再次注入麻醉剂。

　　孟闭上眼，陷入沉睡。

　　邓看着孟再次沉入液体池中，眼中透露出一丝难掩的兴奋："第二次记忆整合实验，第一次记忆建立实验，开始。"

# Chapter 06

# 陆

弗蓝来到海岸已经三个星期了。对于海的一切，他从新奇变成了单调。

弗蓝来自内陆小城，十六年来从未看过大海。这个春假开始之前，他父亲接到许久未曾联络的弟弟的来信，说他在海岸开了家旅舍，邀请哥哥一家过去度假。弗蓝的父亲，一个谨慎、乏味的会计正迎来一年一度的结算高峰期，他没有丝毫犹豫，拨通电话谢绝弟弟的邀请。

"那弗蓝呢？他总该要放假的吧。"电话那头的声音已让人感觉陌生。

弗蓝就这样头一次只身前往一个陌生的地方，除了简单的行李，他还背负着一整条烟熏火腿、一箱烤肉肠，以及一大块硬邦邦的干乳酪——"让你不着家的叔叔尝尝老家的味道。"——母亲如是吩咐。火车穿越漫漫隧道和丘陵，地平线逐渐平坦，直至与海平面连成一线。

　　叔叔的旅馆建在海岸边的小山丘上，两层楼通体刷成白色，顶上竖着一面招牌，蓝底白字地写着"Seagull Motel"——海鸥旅馆。按照计划，弗蓝将在这里过完整个春假。

　　叔叔是个身体健壮皮肤黝黑面目绽放的中年人。之所以想到"绽放"，是因为他的眉眼表情始终是向外扩散的，与眉头紧皱拘谨严肃的父亲形成鲜明对比。上一次见叔叔已经是十多年前，弗蓝对他印象淡薄。他给了弗蓝一个过分热情的拥抱，麻料衬衫上嗅得出海的咸味，然后指了一间一楼尽头的房间让他住，就拖着火腿、香肠和干乳酪直奔厨房。

　　弗蓝走进房间，狭小的空间里只摆了一张单人床，连椅子都没有一张，更像是个原本用来堆放东西的小杂物间。弗蓝扔下背包，坐在床上，拉开灰扑扑的窗帘，心中的抱怨还来不及升腾而起，已被眼前景象惊呆。

　　窗外是象牙色沙滩与彩色海水。

　　弗蓝想象过大海的模样。蓝色，深深浅浅的蓝色混杂在一起，甚至天空也加入这蓝色盛宴，海天模糊了界限，从天至地连接为变幻不定的立体魔方。弗蓝在照片和影像画面中一次次加深着这样的确信，以至于忘记了这仅仅是想象，仿佛他真的看过大海一样。

　　此刻，窗外，天空确然碧蓝如海，然而海不是想象中的蓝，在蓝色的基调之中，细粼粼的波纹如油画笔触般蔓延开来，太过清澈的海水映射着浅滩下的珊瑚礁石与柔白沙滩，仿佛被搅动的调色画盘，墨蓝中渗入石青，其间又镶嵌艾绿，细微波澜中涤荡出层层叠叠的茶白，雾霭烟霞般笼罩其上。视线尽头，海浪轻柔席卷而来，如女孩荡漾的裙摆，一波波俏皮地卷起雪白花边，边缘处又奇异地涂抹一束藤黄，仿佛裙摆边缘系上光泽缎带。海浪温柔拂过近岸，色彩越发繁复变幻，黛紫、绀青、靛蓝、竹青、绿沈、石青、碧绿、青碧，及至通透的翡翠色。艳阳之下，又镀上一层赤金，潋滟潋滟，仿若莫奈画作。

弗蓝开始了他的海岸生活。

最开始的几天，叔叔还颇有兴致地带他去海边游水、拾贝壳和小螃蟹，或者在风平浪静的时候，拖出仓库里一只褪色皮筏，载着他在浅海处漫无目地漂荡，弗蓝苍白的皮肤被晒得通红，继而开始像蛇一般蜕皮。但仅仅过了一星期，叔叔仿佛默认完成了招待任务一般，再也没带弗蓝出去。

海岸虽然一年四季气温都比内陆高出许多，但春假时分仍属淡季，弗蓝到了这么些天，海鸥旅馆也没有一次住满客人。叔叔像是也习惯了这个季节的冷清，每天中午起床，做完例行的清洁，就消失得不见踪影，理所应当似的把看守旅馆的任务交给了弗蓝，直到深夜弗蓝伴着海浪声半睡半醒之时，才听到叔叔回来关门的声音。当然，多半还掺杂着女人风骚的笑声，再过一会儿，隔壁房间的床便吱呀叫起，女人的笑声也变成呻吟。

就这样过完了三个星期，弗蓝已经在反复倒数着回去的日子，他其实并不想念父母，更不会想念学校和他的同学，他只是单纯地厌倦了海岸生活。他的皮肤已蜕得光滑，颜色变得接近海岸男人那般黝黑，一种深刻的乏味占领了他的意志和趣味，他感觉头脑和心神都已被海岸掏空。

弗蓝越来越少离开旅馆，一天的大部分时候，他都坐在狭小的房间里，面对敞开的窗户，看着窗外的海发呆，脑海中连思维的碎片都仿佛被这窗外景象所瓦解，只剩一片空白。只要叔叔一离开旅馆，他便开始这漫长的出神，从白天到黑夜。

那一晚，隔壁房间的动静又开始了，弗蓝依然坐在窗边，今夜的海异常平静，海水像熟睡的猫咪一般，偶尔翻动身体，接着又陷入沉沉睡梦。今天女人的声音格外热烈，弗蓝真怕她那近乎哭号般的尖叫吵醒了窗外这墨蓝色的沉睡巨猫。雪白的月光照射在象牙色的海滩上，两种白色交叠在一起，仿佛要幻化为人形般又炫目又朦胧，然后，这白色凝聚起来，飘荡起来，摇曳起来，从山丘投下的暗影里走出，一步步地，向着广阔平坦的沙滩走去，像一粒白色的跳脱的细沙，缓慢地流进弗蓝的视线。

弗蓝揉了揉眼睛，才意识到，那不是幻影，是真切的一个穿着白色连衣裙的女人的背影。那女人沿着沙滩走去，留下一串脚印，远远看去，像一行在皮肤上排列行进的蚂蚁，隔壁房间女人的声音起起伏伏，弗蓝感到那行蚂蚁爬到了自己身上，痒。

早上，阳光径直照射在弗蓝脸上，他睁开眼，想起自己昨晚忘记拉上窗帘。他坐起来，手伸向厚重的窗帘，无意识地瞟一眼窗外，愣住。

那穿着白色连衣裙的女人背影依然在那儿，还是说，她又出现了？

明亮的天光之下，那背影相较昨晚有了鲜明的轮廓和窈窕的线条，她戴着白色宽檐帽，长发摇曳在风中。

在弗蓝的理智苏醒之前，他已经跳下床，打开门，冲出旅馆，沿着山丘滑下，当他踩在沙滩上时，脚底传来的疼痛终于让他从梦魇一般的游离中暂时清醒过来。他发现自己穿着睡觉时的背心和短裤就赤脚跑了出来，抬起右脚，脚底被石块划了一道，渗出红色血液。

弗蓝为刚才的举动感到说不出地惊奇和羞愧，他沉默地想要离开。

他抬头看了一眼那走远的背影，仿佛是无声的告别，然而退潮后湿润的沙滩上，是一串纤柔的脚印，像蜘蛛捕捉猎物时吐出的蛛丝，不动声色地将他捆绑住。弗蓝再次被一种不知名的力量魇住了，他小心翼翼地将流血的右脚踩进离自己最近的脚印里，接着是左脚踩进第二个脚印，第三个，第四个……

湿润的沙子有着粗糙而又温柔的触感，他的脚在流血，清晨的海风亦还有些寒冷，但他什么也感知不到，只是让自己的脚一次次覆盖住那女人留下的脚印，踩下去，沙砾交融陷下，陷得更深，更潮湿。

"你在做什么？"

弗蓝猛地抬起头，穿着白色长裙的女人正站在自己面前，她戴着墨镜，嘴唇苍白。

弗蓝惊慌失措地看着她，说不出话。

女人透过墨镜打量着面前黝黑瘦削的男孩，她的声音略有些低沉却很和缓："你叫什么名字？"

"……弗蓝。"他低着头，讷讷地回答。

"弗蓝。"他的名字从这个陌生女人嘴里吐出，仿佛一个咒语、一把钥匙、一柄匕首。

她摘下墨镜，并不年轻的面庞却吸引着男孩的所有注意力。

她仿佛对男孩的注目了然于心，嘴唇弯出一抹浅笑，那仿佛有魔力的深邃瞳孔似要吞噬他："弗蓝，你可以叫我，莉顿夫人。"

——《海岸情事》

"——Cut!"

魅惑的浅笑从乔的脸上消失，她的表情松懈下来，助理飞奔而至，一手将驼色羊绒大衣披在她身上，一手递给她白色的芭蕾平底鞋。她大致抖落掉脚上的沙砾，趿拉着平底鞋往帐篷的方向走去。

"Check it!"

导演的声音再次传来。

搭戏的年轻男孩顿时眉开眼笑，兴冲冲地跑回作为化妆间的帐篷休息。

乔依然不紧不慢地走着，走到放监视器的帐篷前，她想了想，撩开帐篷一角。里面，导演和摄影师拿着分镜剧本讨论下一场戏，回头看到是她，和颜悦色地说："刚才那场演得很好啊。"

乔笑了笑，没有说话。

导演转头看向帐篷最里面："孟，你写的小说，你说对吧？"

乔微微吃惊，掠过导演和摄影师的肩头往里看，她的丈夫正不动声色地坐在监视器前面戴着耳麦，专注地看着回放。

"他什么时候来的？"乔低声问。

"哦，他呀，刚才进来的，我怕影响你情绪，就没跟你打招呼。"导演解释。

乔点点头，走进帐篷里。

监视器上，刚才拍摄的那场戏正回放到乔——莉顿夫人的脸部特写上，苍白的嘴唇开启又闭合——弗蓝，你可以叫我，莉顿夫人。定格。戴着耳麦的孟凝视着屏幕上的女人，仿佛他才是那个焦灼而困窘的男孩。乔看着他，顿了顿，走过去，挡在孟与监视器之间。

孟抬头，看到是乔，有一刹那的恍惚，他摘下耳麦，想说什么，又停住。

"陪我散会儿步吧。"乔说。

孟点点头，起身。

海边，天空不知何时沉积起团团阴云，海水亦变成灰蓝色，乔裹紧大衣。孟就走在她旁边，他的左手上臂不时划过她的右肩。他们沉默地走了一段路，孟终于开口："刚才那场戏，演得很好。"

乔迟疑了一下，停住脚步，看着孟："你有烟吗？"

孟从口袋里掏出烟盒，抽出一支递给她。他划燃一根火柴，还来不及递给乔，海风迅速地将小小火焰吹灭。

他们对视一眼，露出苦笑。

他转过身背对海岸，用身体挡住海风，又划燃一根，捧在两手中。乔凑近，弯身，点燃手中的香烟。

继续走。

"你的小说写完了？"乔呼出淡蓝色烟雾。

孟摇头："写不出来，就来看看你。"

"开车过来很远吧。"

"也还好。"

沉默。

风吹乱乔的头发，她一手夹着香烟，一手将吹往脸上的头发向脑后拂，孟看着她，有些出神。

他明明确确地看着她，却仿佛穿透她，看着另一个人。

乔笑了笑，对此，她好像习以为常。

她再次开口："你们作家，写小说的时候会代入自己吗？"

"会啊，当然会。"孟想了想，又补充说，"不过，不同作家的'代入'方式也不同。有的作家是往剧情里代入自己的真实经历，有的作家则是将自己本身代入虚构的人物中。后面这种，大概更像你们演员进入角色的感觉吧。"

"我不是啊。"乔淡淡地说。

"什么？"

"我从来不会把自己代入角色里，我不是我，我就是角色本身。"乔看着孟的眼，笃定地回答。

孟怔怔地看着乔。

她忽地又露出捉摸不透的笑容："我猜，你属于前一种吧，把自己的经历代入小说里，一遍又一遍地。"

孟沉默。

她不以为意地继续说："你第一个爱上的人，就是这样子吗？"她扯扯身上的白色长裙，笑意中多了一抹嘲讽。

孟感到突如其来的焦躁，语气也不由得加重："那你呢，你还从来没告诉过我，你第一个爱上的人是什么样子。"

这一次轮到乔沉默了。

两人无声地走出几步，乔手中的烟几近燃尽，她忽然开口："他叫陆。"

孟看着她。

乔的脸上露出复杂的他无法解读的神情："爱过的那个人，叫陆……我认识他的时候，还很年轻。"

这是乔第一次提及她不为人知的过去，孟不由得放低了声音："他和你是……同学？"

乔怔了怔，笑着摇头："他是个猎人。"

孟愣了愣，忍不住笑出声："骗人。"

然而乔以越发凝重的神情看着他："是真的。你听说过亚里波西吗？"

孟脸上的笑意戛然而止："亚里波西？那个在战争中四分五裂，已经不存在的国家？"

乔凝视他的眼："对，那是我出生的地方。"

如电闪雷鸣般的惊诧贯穿了孟的脑海，他怔怔看着乔，发不出声。

但乔显然并不想过多讲述她的童年，讲述那个幽灵一般只存在于过去的国度。她只是简要地说："陆就生活在亚里波西边境附近的森林里，打猎为生。在我很年轻的时候，我们一起生活过。"

仿佛认为已经交代完前半生一般，乔转过身，看着两人来时在沙滩上留下的脚印："回去吧，下场戏该开始了。"

待她走出一段距离，孟才如梦初醒，大步追上去："那个叫陆的人，现在怎么样了？"

乔转头看着他，神色平静如常："他死了。"

她说完，没有停顿地继续走着。

孟停在原地，看着女人的背影——仿佛来自遥远记忆中令人怀念的头发与长裙，却又被那驼色的羊绒大衣打破了熟悉的，陌生背影。

我站在更远的海岸边，看着记忆中自己的背影。

这仍是我和乔共同的记忆，是她唯一一次提到陆。目睹过往，那些散落在纷繁回忆中的碎片终于清晰地拼合起来——陆、猎人、边境森林、亚里波西。

我迈出脚步往海中走去。再次进入记忆之前，邓告知我，一旦找到关于"陆"的线索，就接触身旁最近的液体作为示意。

我越走越快，在浅海里奔跑起来，海浪仿佛打湿我的衣服，但仔细分辨，那溅落的水珠却像是一束束泛着银光的数据流。海水很快将我淹没，没有液体的浸湿感，也没有窒息感，更像是灵魂抽离肉体，进入一片耀眼的白色中。

当我再次睁开眼，发现自己身处一个纯白的空间内，而我的对面，站着邓——比现实中的他更加年轻的邓——我立即意识到，他进入了我和乔的记忆中。

"又这样见面了，孟。"他很自然地做开场白。

"这是哪儿？"

"这算是某种临时的隔离区吧。"邓认真地解释，"我不能一次次地把你从记忆里强制唤醒，所以只能也进入你们的记忆中与你交流，但我又不能妨碍你的记忆，没办法，只能利用你记忆中一些空白的碎片隔离出这个空间，具体操作是——"

"你知道我听不懂这些理论的吧？"我忍不住打断他。

邓苦笑："好吧，简单说来，现在在这段记忆里面，只要你有意愿地接触液体，就会连接到这个白色空间，我会以这样的形式在这里和你沟通。"

我点点头："我知道去乔的哪段记忆里找陆了，亚里波西的边境森林。"

"好，我们会锁定这段记忆将你连接过去。"邓说着，身体很快像散射的光束那样消散，而我对这样的景象似乎已经习惯。很快，整个白色空间在寂静地坍塌，无数白色碎片在我眼前剥落，我伸出手，发现自己的皮肤、骨头也正在一片片脱落。

虚无混沌的空洞中仿佛已吹来烈烈寒风。

我站在大雪覆盖的森林中。

起初，我以为自己又坠入了另一段空白记忆中，然而铅灰色阴沉的天空和晕染出灰蓝色阴影的雪地让我清醒过来，这不是断裂的意识空白，这是乔独自的记忆，这是亚里波西，边境森林。

太阳像一个垂死的苍白病人在远方摇摇欲坠，光线有如无情的铁蹄径自经过，没有留下丝毫温度。但我也感受不到太多寒冷，雪花坠落在我脸上，像纷纷扬扬的纸片一般。雪层的厚度没至我的双脚，虽然感觉不到低温的侵袭，但行动起来依然不便。我抬起腿，费力地往前移动。

我当然要去找乔——这个时候的她，应该还不满二十岁，恐怕是我用尽想象力都猜测不出的模样吧。

我隐隐记得，在当年乔告诉我她出生在亚里波西之后，我一度找寻了许多有关这个不再存在的国家的历史资料。它当然不是被彻底摧毁或抹去，辽阔的领土依然驻守在北方之境。但"亚里波西"这个名字确实消亡了，只存在于历史书籍和日渐消散的记忆中。那拥有广阔土地并一度兴盛的国家，最终因为国家内部的纷争战火而四分五裂，大约在乔的少年时代，亚里波西彻底破灭，分裂成数个或大或小的国家，各自成立政府，彼此间仍征战不断，人民流离失所，许多人逃难到别的国家。又经过大约二十年，混战多年的各国政府终于达成停战协议，虽仍偶有摩擦，但至少迄今不再有大规模的战争。

乔没有再说过关于亚里波西的事，也从未提及她在这里十几年的生活是如何度过的。她带着秘密进入与我的婚姻，正如我对她一样。天造地设的孟和乔。

我很快迷失了方向。确切地说，我根本不知道方向。我只是向着前方一直走，一直走。荒原的尽头是逐渐繁茂起来的冬日森林。

大部分的时间里，我只与我沉重的脚步声做伴，有时，树冠上沉重的积雪坠落下来，作为唯一间歇性的伴奏。

我想，真正的冬日森林不该如此安静，这是只存在于乔记忆中的、死寂的森林。

在我被漫无目的的行走和看不到尽头的森林折磨得快要绝望时，视线远方隐隐出现了房屋的轮廓。如此久远的记忆中不会出现多余的东西，那一定就是乔和猎人住的地方。我松了一口气，疲惫的身体中又涌现出了新的力量，向着远处跋涉而去。


房屋由厚重的砖石筑成，并不是想象中那样破旧狭小的木屋。我小心翼翼地绕着房屋走了一圈，没有任何人的踪迹。不得已捡了块石头，朝着窗户用力砸去，窗户应声碎裂，然而屋内并没有动静。难道没人吗？我不肯死心，走到大门前，门没有锁死，一拧就开了。我迟疑了几秒钟，往里走去。

房里很温暖——当然，我仍感受不到丝毫温度的改变，只是屋内暖黄色的灯光以及被光线涂染上同样颜色的墙壁和家具，让我已经被户外白茫茫的雪地长久占领的眼睛感到了"温度"。家具大多是木质的，没有什么特别，只有点缀在餐桌、沙发上的几块亚里波西特有花纹的织布为这朴素而沉闷的房间增添了些许色彩。

　　我一间间查看，显然这是对乔而言很重要的记忆，因为房间里的各种摆设一应俱全，尤其是那些亚里波西织布，如果不是记得很清楚，那上面的繁复花纹是不会如此清晰的。一间客厅，一间卧室，没有找到什么能指明乔去了哪儿的东西。确切地说，这房子里属于乔的东西很少很少，如果不是衣柜里挂着的寥寥几件女士衣裙，我几乎要怀疑这屋里是否生活着一个女人。

　　我推开最后一扇虚掩的房门，这显然是猎人的工作间，墙上挂着动物皮毛，角落里放着血迹斑斑的捕兽夹，另一侧的架子上排列着几杆长短不一的猎枪，仿佛精心陈列的展览品。这些电影中才看得到的画面吸引着我，我从未曾把乔的过去和这样的场面联系到一起。我走近架子，几杆保养得当的猎枪在近距离的观察中呈现出艺术品般的质感，深棕色的胡桃木枪托上有着螺旋状的木质纹理，透射出被手掌皮肤不断接触后特有的温润光泽。

　　"别动。"

　　身后传来低哑男声，紧接着是子弹上膛的清脆声响，冰冷坚硬的枪口抵住了我的后脑勺。

　　"手。"男人简单地命令道。

　　我顺从地将手举至脑后，这只是下意识的动作，因我脑中已经一片空白。

　　"慢慢转过来。"

　　我的心脏揪成一团，深吸一口气，一点点转过身，逼迫自己直视面前的人。

陆站在我面前。

我难以置信地睁大眼睛。

我一直以为乔的初恋情人是个和她岁数相近的年轻男人，然而面前的这个人，高大、瘦削，眼角和嘴角都已有沧桑的纹路，看上去像是四十岁左右的中年男人。他用看待猎物一般的冰冷眼神一动不动地看着我，我拼命忍住脱口而出"你就是陆？"的疑问。那一瞬间，万千思绪在我脑海中流过。

邓说过，我必须小心不被记忆中的重要人物发现或认出，因为那样会导致记忆混乱。可现在，乔记忆中的陆正用枪对准我，我逃无可逃。我甚至不合时宜地想，可能连邓也没想过，如果我被记忆中的人杀死，会带来怎样的影响？可能，那个躺在实验台上的我会彻底丧失意识也说不定吧。

就这样结束了吗？我想方设法想要我的妻子记起我，最终却什么也没有发掘到，反而将永久地困于她的记忆之中？

我感到难以言喻的荒诞，然而在这其中，绝望像荒草丛中盘绕的毒蛇般向着我吐出紫色的芯子。

我闭上眼，等待命运的判决。

"你是谁？小偷？"男人再度开口，直白的问句却像是来自命运之神的宽恕。

我意识到，乔记忆中的陆并未见过我，我还有机会。

"我……我迷路了……在林子里转了好久，才看到这间房子，我敲了很久门，没人来开，我就……"我努力扮演着一无所知的惊慌表情。

男人将信将疑，他退开一步，枪口仍指着我，朝门口示意我出去。

我听话地往外走，刚到客厅，男人的手立即用力将我推得狠狠撞在墙上，我还来不及反应，身上的口袋已被男人干净利落地搜了一遍，确认我没有藏着任何武器，男人这才放下心来，粗鲁地将我往沙发上一按，自己则不慌不忙地走进厨房。

我惊魂未定地揉着被撞得生疼的肩膀和膝盖，拿不准接下来会发生什么。过了一会儿，男人一手拿着一个搪瓷杯走出来，放在木头茶几上。搪瓷杯很旧，杯壁上的白瓷脱落大半，里面近乎黑色的咖啡冒着热气。

"谢……谢谢……"我结结巴巴地说，端起咖啡喝下，没有加糖的纯咖啡，苦得我忍不住皱眉。

男人没有出声，喝了一大口咖啡，放下杯子，重新将猎枪握在手中。

我顿时紧张起来。

然而，男人只是从口袋里摸出一块软布，开始擦拭起枪身，神情专注，动作温柔得仿佛爱抚情人的胴体。

我暗自吐出一口长气。

"你是谁，来林子里干什么？"他看着枪，头也不抬地问。

"我叫孟……"我脱口而出之后才后悔没有编个名字，但如果这个叫陆的男人真的只存在于乔前半生的记忆，说出我的真名也没有太大影响吧。至于我的目的，则必须要小心斟酌，不能让他产生怀疑。我谨慎地说："我是个作家……"

"作家？"他终于抬起头看我。

我赶紧解释："我想写一本有关亚里波西分裂以后，人们如何生活的书，所以来到边境这边取材，没想到迷路了……"

他半信半疑地打量我，最终露出一丝轻蔑的嗤笑："写书的。"

见他像是相信了我的说法，我连忙露出殷勤的笑容。

"明早我要去镇上交货，可以带你。"他不在意地说，"对了，我叫陆。"

我当然知道你是谁——我心中说着，嘴上却不停地讲着"谢谢"。"还好碰到了你。"我说。

他似乎不爱多说话，低下头，又开始专心致志地擦枪。

我自然不可能让他一直沉默，试探地问："这里……就你一个人住吗，陆？"

他摇摇头："还有我女人，乔。"

这个名字就这样毫无铺垫地跳了出来，这明明是我再熟悉不过的名字，可是从他嘴里吐出这个发音时，我还是被一种难以名状的情感所冲击，心脏跳得沉重而飞快。

我竭力装出不在意的样子："你们是怎么认识的，她怎么愿意和你一起住在这么荒凉的地方？"

陆停下擦枪的动作，警惕地盯着我。

真是直觉敏锐的人，我不得不继续想方设法地解释："对……对不起，我采访别人习惯了，碰到谁都忍不住问很多……"

陆眼中的警惕渐渐稀释，手中的擦拭又继续起来，他淡淡地说："她是我从别人手里救下的。"

我震惊地看着他："发生了什么？"

他不以为意地耸耸肩："哦，对，你不是亚里波西人，不知道这里的样子……外面一直在打仗，很多人无家可归，很多人——小孩和年轻的女人，被人贩掳走，卖给有钱人，卖给妓院，或者卖去外国，乔也是。"

我惊诧得无法说话。

　　"我去镇上交货，看到她要被卖去妓院，就花钱赎了她。她说她父母被炸死了，她没地方去，我就把她带回来了。"他简简单单地说完，像说一件寡淡无味的闲事。

　　我竭尽全力才不让自己的表情超越一个陌生人该有的讶异程度，我从未想到，我未来的妻子，那个高贵的像一道猜不透的谜题一般的女演员乔，会有这样难以想象的过去。

　　我从混乱的思绪中挣扎出来，勉强挤出微笑："这个被你救下的女孩呢，怎么一直没回来？"

　　"她早上出去了……"陆说着，突然顿住，似乎意识到什么，他猛地站起身，把枪握在手中。

　　我也紧张地站起来："出……出什么事了吗？"

　　"你在这儿待着，我出去找她。"他说完，头也不回地走出家门。

　　我在窗边看着陆的背影模糊在林间，颓然地靠在墙上，刚才勉强压抑下的震撼，此刻犹如辐射一般从心中缓缓扩散开来，一波接一波的余震将我的思绪搅得七零八落，心中像是裂开一个空洞，我在凝视深渊，深渊亦凝视我。

　　我说不清此刻对乔的感情是否有了改变，我甚至无法将那一个个的"乔"合并到一个人身上。有着悲惨往事的天真少女，郁郁不得志的女演员，终于大放异彩的明星，神秘，甚至有些邪恶却又吸引着我的女人，疲乏倦怠的妻子，昏沉失忆的病人……这样多的"她"，是如何拼合到同一具躯壳中，又是如何融解到同一个灵魂中？这样多的"她"，难道不会复杂得让一个灵魂承载不下吗？

　　乔，你在哪儿，你去了哪儿，为什么我跋涉如此漫长的时间逆旅，

111

却最终遗失了你?

我离开猎人的房屋,再次进入雪中的森林。

我无法再在那间屋子里等下去,那种噬人的寂静令我窒息,我必须做点什么,哪怕是在无边的森林中再次迷途,也比在里面被翻腾的思绪折磨要来得痛快。

此刻行将日落,终日苍白的阳光终于有了一丝丝血色,但雪中的森林并未因此有些许暖意的错觉,相反平添了诡谲的色彩。

我不安地环顾四周,看不到任何陆的踪迹,而那间房屋也消失在林立的树木之后。乔到底去了哪里,为什么在她的记忆中,却唯独没有她自己的身影?

一种激烈的情绪压迫着我的胸口,我感到神经快要紧绷到爆炸,我忍无可忍,出声大喊:"乔——"

"乔——"

"乔——"

回声不断跌宕远去,直到被寂静的森林完全吞噬。

突然,我身后传来雪层被踩下的声音。

"乔?"我转过身,愣住。

一头灰熊站在不远处,两只黑眼珠一动不动地盯着我,鼻子贴近雪层嗅着气味。它如此巨大,看起来饥肠辘辘,口中不断滴下涎液,不时发出嗥叫。

我本能地转身逃跑,但那野兽咆哮着向我冲来,我还来不及反应,巨大的兽爪击向我的左肩,我几乎是下意识地倒向另一边,勉强避过致命一击，但仅仅是被熊爪划过的部分，已经皮开肉绽，剧痛传入神经，我跌在雪地中，忍不住发出惨叫，血液溅洒雪地，仿若刺眼污泥。

灰熊就在我眼前，眼中闪着饥饿的寒光，我一时间几乎忘记了疼痛，恐惧也消散无踪，被这骇人的庞然巨兽魇住。我看着它扬起粗壮的前腿，站立而起，继而向下猛扑，前爪向我凶狠打来，我下意识闭上眼——

枪响。

紧接着又是两枪。

伴随着咆哮，是灰熊倒地的声响。

我睁开眼，灰熊倒在雪地中，身上破开三个血洞，鲜血汩汩渗出，它发出阵阵哀嚎，拼命扭动身体，扬起一阵雪尘。

陆端着猎枪，脚步平稳地靠过来，他将枪口对准挣扎的野兽，镇定地扣动扳机，又一枪，击中灰熊的心脏。

灰熊的嚎叫声逐渐微弱，巨大的身躯也放慢挣扎，它黑色的眼珠迸发的冰冷光芒正在消散，变得如同食草动物的眼睛那般雾气蒙蒙。

左肩的剧痛再次袭来，我躺在雪地上，视线模糊，大口大口地喘气。

陆跑到我身边，蹲下身查看我的伤势，我隐约看到他放下猎枪，撕扯穿在里面的衬衫，用撕下的布料包扎我的肩膀——然后，我看到一个巨大的黑影，猛扑向他。

那头死而复生的灰熊从背后咬住陆的肩膀，锋利的獠牙刺穿他的皮肉，它下颌用力合上，陆的身体中传来骨头碎裂的闷响。他来不及做出反应，熊的前腿环绕住他的躯体，利爪从他前胸洞穿而入。熊将他整个叼起，再甩动着摔向地上。陆发不出任何声音，砸在雪地上，血肉模糊，奄奄一息。熊走近陆，向着他胸口洞开的皮肉，凶狠地啃噬下去——

令人窒息的血腥气味令我彻底失去了可以称之为理智的东西，肩膀上的血液淌满手臂，日落后蓝灰色的天空撑满我失焦的瞳孔，雪花又开始坠落，迷蒙中那晶莹的白色颗粒不断贴近，不断放大，直到放大为一个个数字和字母，两者交汇成链条，纯白色的光芒从中涌现，蓝灰色逐渐淡去，我再次感受不到自己的躯体，灵魂也仿佛分解开去。

雪夜的森林恢复死寂，只剩下一副支离破碎的骸骨。

# Chapter 7

# 迷宫

"孟，醒醒！醒醒！"

我猛地睁开眼，浑身的肌肉不受控制地轻微抽搐着。眼前的人影也随着我的颤动而变幻扭曲。

那人影冲过来按住我的肩膀："你还处于记忆中，不能有太过强烈的意识波动，冷静下来。"

我盯着他，慢慢认出来，他是邓。

此刻环顾四周，显然我又进入了所谓的隔离区，而邓也再次以意识进入记忆的形式与我见面。我一半是清醒的，另一半却还在被方才那噩梦般的一幕死死拖曳。我惶恐地看着邓，语无伦次地说："我……我看到陆了……他……他……"

然而邓迫不及待地打断了我："你遇到乔了吗？"

我愣住。

"乔，你看到她了吗？"邓的脸上出现少见的焦灼。

"……没有……"

邓的神色变得更加严肃："乔的记忆，进不去了。"

"……什么……意思？你在说什么？我们现在，不就是在乔的记忆里面吗？！"我惊慌失措地叫喊。

邓难得流露出一丝挫败的神情："不，我们现在，是在你的记忆中。"

"可是……我刚刚……"我瞠目结舌地看着他，"到底怎么回事？"

"就在刚才，我们监测到你的意识在乔的记忆中出现了剧烈波动，然后显示乔记忆的波频突然中断，显示你意识的波频则变成了一条直线……"

我难以置信地睁大眼。

"我们一度以为实验失败，现实中的你将失去意识……但我注意到，显示你记忆的那条波频一直保持平稳，所以我们又等了几分钟，谢天谢地，你意识的波频再次起伏，并且和你的记忆波频重新交叠到一起。所以我尝试进入你的记忆，总算找到了你。"

虽然邓说话还是一贯地平铺直叙，但这短短几句话，对身处实验室的他们来说却是惊心动魄的一场大战了吧。

但此刻，我已没有多余的心情去体味现实中那戏剧化的跌宕起伏，我的思绪被一个问题牢牢扼住："你是说，我的意识回到了我的记忆里面，而乔的记忆进不去了……那乔的意识呢？"

邓一愣，仿佛没有料到我会马上提出这个问题，甚至显示出一丝狼狈："乔的意识……对不起，在上次乔的意识失踪之后，我们就再也没有追寻到她的数据。"

"我进入她记忆的这整段时间里，你们都找不到？"

"抱歉……"

我深呼吸了几口，才将心中涌起的波澜勉强压制下去。但紧接着，我想起邓反复向我确认的那句话——"你遇到乔了吗？看到她了吗？"——仿佛一粒火种落进干旱期的草原，不安和疑问的火焰在瞬间彻底蔓延开来。

我艰难地开口："我……在进入乔的记忆以后，从来没有遇到过她……"

"这怎么可能？"邓惊讶地看着我。

"我记得在那段记忆中就有了疑问，就算我找不到乔的意识，但为什么连记忆中的乔都找不到？"

"但你说你看到了陆？"

"是，我见到了他，也从他那里了解了乔一直隐瞒的过去，我还亲眼看到了他的死……"说到这里，那令人窒息的血腥气味仿佛不散的阴魂般又盘旋而来。

"这……不可能啊……"邓表情凝重，陷入沉思，"如果在乔的记忆中你看到了陆的死，那说明在现实里，当时的乔目睹了陆的死亡。既然这样，你就算找不到乔的意识，又怎么可能连记忆中的那个她都没有看到呢？"

邓的一席话正中我心中的疑问："但现在无论是乔的意识还是记忆

117

都已经无法追踪，怎么办？”

邓皱眉思索，忽然露出一丝不合时宜的笑容："幸运的是，我们只是进不去乔独自的记忆，而你和她的共同记忆是保留下来的。眼下唯一的办法，只有再次进入你们的共有记忆寻找线索了。"

我却有些迟疑："那么多的共同记忆，我要从哪里找起，又到底要找什么……"

邓停顿了一下，凝神看我："我想，你要找的，是真正的乔。"

"真正的……乔？"我不解，"如果这几十年那个与我相处的乔都不是真正的她，那么在我们共同的记忆里我能看到的，也不是她真正的样子啊。"

邓露出含混的笑容："记忆不只可以'看'。"

我怔住。

邓的身体散为无尽的白色光束，光线再次吞噬了我的眼，空白中，由远及近传来轰隆隆的声响。

等眼睛能够再次识别事物，我置身于一列空无一人的斑驳地铁中。我脚步虚浮地走在漫长得仿佛没有尽头的车厢里，纷繁迷离的前尘往事如投影广告般在一扇扇车窗上循环播放，仿佛一册摊开的商品目录，任君挑选。

我焦虑地穿梭于一段又一段记忆中，像一个盲目的乘客，徒劳地寻找不知名目的地的站台。

我思索着邓离开前的那句话——记忆不只可以"看"——邓也曾叮嘱过，要避免被记忆中的重要人物发觉"我"的存在，因为那样可能造成记忆混乱……那么，如果"我"主动出现在这些记忆中的人面前呢？

如果"我"设法和记忆中的乔交流以便获得信息呢？如果……我逼迫记忆中的乔显露出她真实的面目呢？

混乱的思绪中我逐渐捕捉到那枚飘忽并闪烁的"萤火虫"——我要想办法和乔对话。

于是，我检索着每一扇车窗上循环滚动的记忆片段，想要找到一个我能单独接近乔的段落——这并不是一件容易的事，因为我处于我和乔共同的记忆中，每一段记忆都存在着孟和乔。

最终，我停在一扇车窗前，列车终于停止了前进，窗旁的两扇车门缓缓打开。门外，虚无的空白等待着我。

我深吸一口气，迈出列车。

"Happy birthday to you, happy birthday to you…"熟悉的歌声，晃动的烛火，那颤动的焰影在我眼中跳跃，我又进入了确切的记忆中。

巨大而精雕细刻的蛋糕上站立着几十根如针一般纤细优美的蜡烛，蜡烛中间还雕刻有精细繁复的花纹，这是黎的生日，只有她会连蜡烛这样一燃而烬的消耗品也要求尽善尽美。

每一年黎的生日都是一场盛宴，每一年她的生日，孟都没有错过。

我挤在庆生的人群中，别墅大厅的中心，黎面对着闪动的烛光闭眼许愿，这是她的第六十个生日了，却如同她的第一个生日，或者说此前的五十九个生日一样，年龄的增长从未改变她所受到的宠爱，亲友和情人们将她围绕，烛光将她的面孔模糊得柔缓而闪烁，青春的幻影仿佛面具一般短暂地笼罩这个早已告别年轻的女人。

孟就坐在黎身边，注视着许愿的黎的面容，而乔，我透过人群的间隙看到她，她在大厅的角落，靠着墙壁，独自饮一杯酒。

这一年，孟三十五岁，乔四十五岁，他们结婚五年。而在此前两年，孟的父亲和黎离婚，分得不菲的财产，移民去了大洋彼岸的国度，即便是孟，也很久没有他的消息了。不过，没有人会怀疑他将继续自己一贯风流多情的生活。

黎睁开眼，吹熄蜡烛，耀眼的水晶灯再度亮起，掌声和祝福声响彻大厅，黎始终是上帝的宠儿，一直都是。

之后依然是毫无新意的环节，闲聊或者跳舞，上流社会的聚会永远千篇一律。

作为宴会的主角，黎自然是被争相邀舞的对象，一支接一支，没有停歇的时候。她纤细的身材丝毫没有老年妇女的臃肿，脸上细微的皱纹却掩盖不了那种少女般无忧无虑的神色，而眉梢眼角波光流转的水滴般的风情又极富成熟女人才拥有的韵味。她穿着一袭珍珠白色的绸缎晚礼服，舞姿优雅轻盈，裙摆随着她的舞步翩翩散开，旋转如动人的旋涡。

几乎没有女人能像她一样，终其一生，不经世事，未尝疾苦，定格青春，宛如幻梦。

一曲停歇，又有几个男人跃跃欲试着上前邀舞，黎一一婉拒，坐到孟身边。

"累了？"孟开口。

黎点点头，脸颊因接连跳舞而发红。

孟示意服务生端过一杯水，递给黎："喝水吧。"

黎接过，喝了两口，突然对着孟微微一笑："你该给我香槟。"

她眼中流转的光彩令人目眩。

下一曲的前奏缓缓奏响。

孟脑中有个声音在嗡嗡作响，扰得他心烦意乱，他下意识地将头脑中蛊惑人心的声音说了出来："你该和我跳支舞。"他猛然顿住，怔怔地看着黎，然后生硬而尴尬地补了一句，"……母亲。"

黎饶有兴味地看着继子，眼中的复杂意味令她的注视更加摄人心魄。

"我能有幸邀请今天的主角跳一支舞吗？"又一个浑厚低沉的声音插进来，是黎的追求者之一。

黎转头看向那人，轻轻点头："当然。"她将手搭在对方的手上，站起身，忽然回过头俯视着孟，粲然一笑。"你该和乔跳支舞。"她说完，一手挽住男方的手臂，一手轻提裙摆，款步向舞池走去。

孟目送黎的身影在舞池中绽放，郁郁转身，他看见茶几上还摆着黎刚才喝过的玻璃杯，杯沿薄薄一层红色唇印。他将那玻璃杯握在手中，拇指轻触那浅浅纹路。他将杯子换到左手，又顺势放到经过的服务生手中所端餐盘中。他往大厅边缘走，穿过重重人群。

乔坐在角落，又喝下一口香槟，注视孟。她看着他背对黎所在的方向走到落地窗边，看着窗外出神。

乔端着酒杯，起身，向她丈夫走去。

背后喧闹的舞池，舞步声和欢笑声和着音乐响彻大厅。

没有人留意孟，他抬起右手，看着拇指上那一抹几不可见的淡淡红色，仿佛镶嵌进指纹中。他突然把手举高，将拇指贴在自己的下唇上，贴着，然后按下去，划过嘴唇。

玻璃落地碎裂的清脆声响。

孟迅速放下手，循声望去，乔在不远处看着自己，破碎的酒杯就在她脚前。

乔一言不发，转身离开。


别墅外通向大门的林荫道上，孟追上乔："车马上就到。"

"不用。"乔走得飞快，"我想走走。"

她穿着一贯的黑色吊带长裙，像一个午夜出没的幽灵，回归到影影绰绰的林间。

我躲在建筑的阴影中，伺机等待与乔说话的时机。

"乔。"然而，孟再次叫住她。

乔停下，转身看着他，她回头的瞬间，神似黎。

孟顿住，说不出话。

乔露出失落的神色，她心中升腾起恐惧、失落，她为何要失落？她迅速地变换出冷淡的表情，不动声色地说："再见。"

孟一直注视着乔的背影消失在雾气渐浓的树荫道尽头。我不敢贸然出现在他的视线中，只能眼睁睁看着乔走远。

等孟重新走回别墅，我迫不及待冲向无人的林荫道，浓密的雾气包围了我，乔已经彻底消失不见，这段记忆中，属于她的"演出"已然结束。

遮天蔽日的浓雾中，熟悉的声响再次传来，那列地铁就这样平白无故地穿破雾障停在我面前，我无可奈何地登上列车。车窗上，刚刚经历的这一段记忆定格在雾气弥漫的画面，仿佛结束放映的电影，不再循环。

每一段记忆只有一次进入的机会，毫无疑问，我浪费了一次机会。

我只能再度寻找新的片段，但越往后，属于孟和乔的共同记忆便越稀少起来。

我当然知道发生了什么。

就在黎生日后的第二天，孟接到电话，说乔辞演了由他的新小说《沉默旁白》改编的同名电影的女主角。

可笑的是，这消息竟然是由外人告知他的。更可笑的是，气急败坏的制片人还告诉他，乔接演了一个名不见经传的新人导演的处女作《艳色》，饰演一个妓女。

乔再也没有出演过孟的任何作品。

我在一扇车窗前停住，迟疑着是否要选择它，因为我知道这段记忆意味着要重新审视什么——背叛。我甚至忍不住想，那些背叛过婚姻誓言的人，沉浸在偷情、出轨的激情中而无暇他顾的人，是否愿意有朝一日重新亲历这一幕？大概，是不愿意的吧。但我已别无选择。一切周而复始，列车停下，车门打开，我迈入了又一次的往事之中。

流畅精美的大提琴声响起，我再次置身于那场熟悉的大提琴独奏会里。演奏厅不大，只能容纳约两百人，圆形的舞台置于正中，一束灯光打在演奏者身上——她很年轻，不过二十岁，长发整齐地束在脑后，身着绿色的丝绸礼服长裙。我第一次看到能将绿色穿得如此夺目的人，那绿色在灯光的照耀下呈现出深深浅浅的渐变，由森林绿过渡到海绿，亮处又因丝缎的质地反射出一片朦胧的金色之光。她沉稳地架着大提琴，右手执琴弓娴熟地在琴弦上飞舞，耳熟能详的巴赫的《G大调第一号大提琴组曲：前奏曲》娓娓流泻而出。

孟和乔并肩坐在第一排正中，离那演奏者很近，几乎能看清她浓密的睫毛投在脸上的阴影。她生着一张五官立体的脸，深邃的眉目、高挺的鼻梁、薄而锋利的唇，令她像时尚杂志上面无表情的模特般冷峻而醒目。偶尔的瞬间，她的视线划过孟的脸，微微停留，然后又转向另一边。

孟又看了一眼手中的节目单，她的名字是，言。

演奏会散场后，孟和乔混在观众中，我不敢离他们太近，远远跟着。

大厅里布置起一张长桌，桌上整齐地摆放着言发行的大提琴演奏专辑，桌前已经有不少人自觉排成一列等待着，工作人员向往来的人群提醒道："十分钟后言会为大家签售专辑，请购买专辑的观众来这边排队。"陆陆续续又有人排在了队尾。

孟随着乔走到大厅门口，突然停住脚："我去旁边书店，你先回去吧。"

乔转头看着孟，冷淡地点点头，径直离开。

我迫不及待地朝着乔的背影追去。然而，冥冥之中仿佛有什么力量要阻挡我一样，那些原本松松散散的离场观众突然聚集在我和乔中间的这段距离内，有意无意地挡住我的路。我不断躲闪，甚至最后忍不住伸手推开那些人，可就在这时候，乔已经坐上车，再一次脱离了我可追寻的范围。

毫无疑问，我又失败了。

那些阻拦在我前方的人群忽然变成了没有意识的行尸走肉一般，缓慢地四散而去，一一消失在夜色中。

我沮丧地站在路边，转过身，面对空无一人的街道。音乐中心的大厅灯火通明，里面却已没有多余的人——那些忙碌的工作人员，以及排队等候签名的观众通通消失不见。我想，大概此时对这段记忆来说，所有无关紧要的人都不再被记得，都被干净地清除出场，只剩下空旷的大厅，用来装置那两位主角的相识——孟和言。

言低头在专辑上签上名字，看似无意地说："你好像是坐在第一排正中？"

"是。"孟站在桌前，"离你很近。"

言签好名，抬起头，将专辑递给孟："你旁边的那位女士，很眼熟。"

孟微微一笑："她是演员，你大概看过她的电影。"

言若有所思："有可能。"她又狡黠地看了一眼孟，"你和她是……"

孟抬起左手，无名指上的婚戒显而易见。

言流露出一丝失落，但很快隐藏妥帖，露出中规中矩的礼貌笑容："谢谢你。"

孟低声说："我有一份礼物想送给你。"

言意外地看着他。

孟将手中的书放在桌上，是他的新书，刚刚在书店里买的。

言翻开封面，上面印着孟的照片，她的目光中多了丝玩味："你是作家？"接着她的视线移到扉页，顿住，再次抬起头，眼光中兴味盎然。

扉页上写着一个电话号码。

孟迎着这年轻女孩毫无遮掩的目光，嘴角斜起笑意："谢谢你的演奏，再见。"

孟转身离开。

意料之中的，当天晚上他就接到了言打来的电话。

言成了孟的情人。


我又回到了列车上，陷入沉思，重新目睹自己对婚姻的背叛是种奇妙的感觉。言，十五年过去，我几乎快要忘了这个名字，但她的脸孔，和那件绿色的长裙，代替她的名字更加鲜明地活在我的记忆中。

在大多数不再忠诚的婚姻中，"情人"这个词是一个矛盾的存在，对出轨的人而言，尤其是男性，情人既是激情所在，也是耻辱所在，羞愧所在。人们一边坠落于欲望的洞穴，一边又嫌恶着背叛婚姻和伴侣的自己。最终，这种愧疚转嫁到了情人身上，他们既享受情人，又在内心深处鄙夷情人，仿佛一切的错都是来自这个轻贱主动的情人，而自己是无辜的、被动的，某种意义上，自己也是受害者。

但我从未轻视过言，时至今日，我仍然不否认当时的她对我的吸引力，尽管我明白，那种吸引力，更多是因为，她恰好提供了一种令我可以逃避自我的机会，一种轻松的、没有负担的关系。

在这一点上，我和其他的出轨者，也没什么两样。

列车在此时停下，大约是我在承载着某段记忆的车窗前停留了太久，车门自动打开，我不得不再次走下列车。

"你觉得怎么样？"陌生而又熟悉的声音传来，这声音仿佛刚刚才回顾过——是言。

我认出她的声音，不远处，年轻的言穿着修身的蓝色连衣裙，手里拎着高跟鞋，在孟面前转了个圈，裙摆在阳光下闪闪发亮，她笑盈盈地看着眼前的成熟男人。

"很美。"孟说。

言开心地挽起孟的手臂，与他并肩走在沙滩上。

那是海岛某家度假酒店的私人海滩，沙子洁白柔软，仿佛一张空旷的眠床。

孟和言回到酒店，去毗邻海岸的餐厅吃饭，在餐厅门口遇到熟悉的人——乔。

准确地说，是乔和另一个男人。

孟认出男人就是乔新演那部电影的导演，想必乔也认出了他身旁的女人是那个年轻的大提琴家了吧。他感到某种难言的讽刺，想笑，却发现无法扯动嘴角。

孟和乔看着对方，仿佛是陌生人。

倒是他们身边各自陪同的人感到尴尬，想要出声化解却又碍于自己此时身份的微妙，不得不选择沉默。

寂静像无声的烈火炙烤着僵持中的四个人。

直到餐厅领班礼貌询问："请问，四位是一起的吗？"才算打破僵局。

然而孟和乔依然没有出声。

那男人忍不过，低声说："……不是。"

"好，两位这边请。"领班指引乔和男人去空的餐桌。

言连忙指着最角落的桌子说："我们坐那边。"说着，她迫不及待地走过去，孟停顿了一下，跟在她身后。

那顿饭吃得异常沉默，但仿佛是场战争一般，谁也不肯转身离开，似乎谁先走就是失败。餐厅两头的四个人，面对着昂贵精致的法式菜肴，食之无味。

我站在餐厅外的海滩上，远远看着落地玻璃窗内的四个人。这究竟是我和乔婚姻决裂的开始呢，还是已经是决裂的终局？

我仍是不懂乔的，也许，也不懂婚姻。

我突然意识到，这就像是一个无解的迷宫。那列车上途经的种种共同记忆，每一段都是关于我和乔难言的婚姻生活，关于我们的隔阂，关于我们的疏远，关于我们的背叛。

如果等待我们半生的婚姻就是这样，当初我们又是为何选择了在一起？是因为爱吗？不，不是爱。我明知自己是为何选择了乔，只是无法直面。那么乔呢，她到底又是因为什么选择了我，选择了这段枯萎的婚姻？

我不能再在这迷宫中打转了，无论回顾哪一段记忆，我都无法捕捉到那个真正的乔。但庆幸的是，我知道这个迷宫的终点所在。

我在无人的车厢里奔跑起来，跑向列车的末端，尽管脑中的畏惧不断扩大，恐惧令我止步不前，但我必须进入那段我不想再次面对的记忆，必须。

我冲出列车，在纯粹的白光散尽之前，教堂的钟声已率先闯入耳膜。

我的心跳被那钟声拎在高空，捏得粉碎。

要再次目睹这一幕了。

要再次……踏入葬礼了。

黎的葬礼。


黎死于六十五岁，那一年，孟四十岁。

孟想象过许多种黎的死——小说里那些作为黎的化身的角色的死——有的悲苦，有的平静，或是死于家世凋零后的贫病交加，或是死于浮华幻象背后空虚落寞的自尽，或是千帆过尽以后正常的衰老而死，甚至简单如一场车祸、一场空难，潦草仓促，皆是结局。

然而真正的黎，那个命运宠儿的黎，她总是能轻而易举一次次让孟的幻想相形见绌。

黎死了，被她年轻的情人所杀，死得轰动一时，死得荒唐艳丽，死得那么……像黎。

杀人的理由极其单纯，那个年轻的男孩因为妒恨自己无法拥有黎全部的爱，一时冲动，在黎的卧室里掐死了她。

八卦刊物大肆渲染着这所谓禁忌的爱恨情仇，人们兴奋地谈论着这个六十五岁的女人究竟拥有何种魔力，他们最终把这归结为金钱的魅力，与那女人本身并无关系。

人们没有亲眼见过黎，如果有幸见到，就不会这样草率地下结论。凡是见过黎的人，都不得不相信命运的不公，那种只有命运所能给予的有恃无恐的偏爱，甚至会令人感到无名的恐惧。

现在，命运一次性收回了它的宠爱。还是说，命运依然深爱着黎，爱到想要将她永远带走？

黎死了，她留存在这世界上的除了庞大的家产、被添油加醋的风流韵事，还有一个甚至比她当初的婚礼更加盛大体面的葬礼。

孟和乔作为整个葬礼上最受瞩目的人，身着黑色正装，坐在教堂最前方。

孟是恍惚的，自从他接到黎死亡的消息，他的意识仿佛就已脱离了躯体，他变成了一具空壳。现在，这具装扮得一丝不苟的无神的躯壳扮演着黎的继子，也是那庞大家产的唯一继承人，接受众人投来的好奇而觊觎的目光。大概在他们眼中，他，孟，一个黎的前夫带来的没有血缘关系的继子，才是真正的命运宠儿，是这场幸运游戏最后的赢家。

乔端正地坐在孟身边，面无表情。此时的她也成了众人艳羡的对象。一个曾经名不见经传的女演员，只因魅惑了知名的作家，从此命运便天翻地覆，被作家一路推举为明星，与小自己十岁的作家结为夫妇，直到现在，更与作家共享从天而降的巨额财富。

这对夫妇传奇般的故事令人反复咀嚼，旧的传奇很快被遗忘，人们需要源源不断的新传奇，以填补他们对于财富、名望、成功、巅峰、上流阶级等词语的空洞想象。

人们并未注意到，整个葬礼从始至终，孟和乔之间没有讲过一句话，甚至连眼神的接触都不曾有。

我坐在孟和乔的家里，等待他们。

这幢自结婚后一直居住的别墅，此刻却有着恍如隔世的气息。

夜色一丝一缕地侵占着房间，时钟的指针逐渐指向午夜十二点，我知道他们即将回来，我知道接下来会发生的一切。我走上二楼，进入书房，关上门，坐在黑暗中。

几分钟后，客厅的大门打开，身着黑色丧服的孟和乔一前一后走进来，客厅的灯光顺着书房的门缝泄入。

乔走进衣帽间，换上睡衣。

孟站在衣帽间门外，欲言又止。

"什么？"乔开口，声音里没有任何情绪。

"我想搬回黎……我母亲的别墅。"孟说。

乔停顿了一下，冷淡地说："随你。"

孟松了口气，转身正要走。

"但我不会搬过去的。"身后传来乔的声音。

孟停住，回头，乔穿着黑色丝绸吊带睡裙站在门口，面无表情地看着他："我住这里。"

孟的面容沉了下去："你要分居？"

"是你要走的。"

"你不怕媒体发现？你不怕影响你完美女演员的形象？"孟的语气近乎讽刺。

乔冷冷地看着丈夫："那你不怕我取代黎？"

"……什么？"孟怔住。

乔忽然露出冷笑："还是说，你正希望我能够完全地扮演黎？"

孟沉默。

乔没有停止："我现在五十岁,还可以为你再扮演十五年的黎,是吗？"

"……你闭嘴。"孟脸色铁青。

"难道不是吗？"乔脸上的笑容越发刻薄，"你和我结婚，不就是因为这个吗？"

孟冲动地将拳头砸向墙壁。

沉闷的声响回荡在客厅。

孟突然也露出讽刺的笑容："那你呢，乔，你和我结婚，又是为了什么？"

乔看着丈夫，眼神冰冷。

"你现在不是已经得到你想要的一切了吗？名声、成功、家庭……现在，还有了更多的财富，你想要的不就是这些吗？"

"家庭？你觉得这是家庭？"

"这是你自己的选择。"孟一字一句地说，"你选择我，难道是因为想要组建家庭吗？不，你有你的目的，我也有我的目的，你已经得到了你想要的，你——"

"你觉得你很了解我是吗？"乔打断孟的话。

"我了解或者不了解你，又有什么区别？我们在一起，只是各取所需。"孟说着，打开别墅大门，径直走了出去。

时钟敲响午夜十二点的钟声。

乔站在客厅里，缓慢地转身，走上楼梯，她走得极慢，仿佛即将被耗尽电池的发条人偶。没有完全关上的窗户外吹来冷风，扑向乔单薄的睡裙，她身体发颤，佝偻得像个老人，艰难地推开卧室的门，关上。

这便是这段记忆的终点，某种意义上，也是孟和乔婚姻的终点。

我走出书房，站在乔卧室的门外。

我知道那一夜我——孟——没有再回来，我深吸一口气，缓缓开口："……乔。"

门内传来轻微的响动。

"乔，对不起，我不该离开。"我说。

我在改变我们的记忆，现在我说的每一句话，都会对实验室里沉睡的孟和乔产生未知的影响，我感到恐惧，但这是我最后的机会。

"你说得对，我并不了解你……我从始至终都没有真的了解过你。"我想到此后十年逐渐被病症吞噬的乔，直到变成将我彻底遗忘的乔。

"你对我来说一直是一个谜，尽管我们认识了这么多年，共同生活了这么多年，你对我来说依然是解不开的谜。"

卧室里面传出乔疲惫的声音："你为什么要回来……"

"我不回来的话……我将永远都无法了解你了。"复杂的情绪碾压着我。

"你根本用不着了解我，孟，为什么要了解一个黎的影子？一旦你了解了我，我就成了乔，再也成不了你的'黎'……那时候，我对你来说，就彻底失去意义了。"

我的心脏猛地缩紧："不……不是这样，乔，我们之间也是有过好时光的，不是吗？"

乔发出冰冷的低笑："好时光？孟，我们的好时光，难道不是你在片场陪我的那些时刻吗？你那么专注地看着我在摄影机前表演，好像怎么看都不会腻。可是，当我不再演你的作品，当我不再扮演你虚构的那一个个'黎'，你再也没有在片场出现过。"

我无法作声。

"不过，你不用觉得对不起我，我很享受扮演黎，我……也曾经很享受被当成黎的影子。你说得对，我们的婚姻，是各取所需……只是，我现在，想要的和以前不一样了，所以，也无法和你继续扮演下去。"

"……你现在，想要什么？"

长久的沉默。

我的理智被这沉默烧灼起来，我一时间忘记了自己是在与记忆中的乔对话，记忆中的我和此刻的我混杂交错在一起，我脱口而出："乔，你到底想要什么？我以前以为你想要名声想要金钱，但不是，不是的，那不是你……乔，你明知道我为什么需要你，你为何还选择了我？我能给你带来什么？"

回应我的依然是寂静。

这寂静令我想起了乔记忆中亚里波西无边的森林，想起血迹浸染的雪地，想起在我眼前活生生被熊吞噬的猎人，想起乔与他度过的我未知的前半生，想起乔最终记得的是他，而忘记了我，想起我跨越记忆的时光逆旅，想起我一路的追寻，想起实验台上那个丧失了意识的我的妻子。

我声音发颤，克制着情绪的涌动："……回答我，乔。"

乔终于开口，她缓慢地说："因为你不需要真正的我，因为，你能让我忘记真正的我。"

# Chapter 08

# 半人，乔

　　一个女孩可以有很多种方式长大，但她最不想的，是在懂事之前就背井离乡。

　　我的故乡叫亚里波西，我在五岁时离开了那里。

　　母亲说，亚里波西是伴随着我的出生毁灭的。这样的说法，仿佛我天生便是带来灾难的邪恶命数一般。可事实上，在没日没夜的炮火轰炸中，在破败凌乱的城市和对日用品的疯抢中，我出生了，正如那一年在亚里波西出生的成千上万个婴孩一样。

　　我从未见过我的父亲，也不知道他是谁，叫什么名字。母亲说，我的生父死于战场上，我虔诚而伤感地笃信了几年，但自我懂事起，便把它当作了我母亲讲的一个并不好笑的笑话。

我母亲长得程度尴尬的美丽。再多一些，便是十足地绝色，足以吸引那些具有权势和财富的男人；若少一些，便是略有风情，也可以找到一个平凡但忠心的男人共度一生。而我母亲这不上不下的美丽，上层男性食之无味，普通男性敬而远之，只剩下一拨又一拨以猎艳为趣味的浪子，蜜蜂一般围绕在她身边，看似热闹，实则掏空蜜汁之后，再无踪影。

花容月貌当然是上天的恩赐，但倘若没有相匹配的才智，或者没有相等同的财富，那所谓的美丽其实只是上天的恶作剧。

很不幸，我母亲恰恰就是这样的笑话。

我出生时，我母亲二十岁，已经有过双手都数不过来的男伴，他们当中有管道工、印刷厂工人、电话推销员、餐厅领班、医院护工……当然，还有士兵，大概不止一个。他们在那个破碎的城市里来了又走，出现了又消失，留给我母亲一副开发成熟的胴体和一个说不准父亲是谁的女儿。

母亲说，若不是在怀孕初期，城市每天都被炮弹疯狂轰炸，附近的医院、诊所都被炸得千疮百孔，令她无法去做流产的话，我是断断不会降生于这世上的。

所以，她告诉我这些，是想让我回应什么呢？感谢战争吗？

但奇异的是，在我寥落的童年记忆中，亚里波西竟然是个还不坏的故乡。

是不是孩童都有一种能力——能把任何地方都变成游乐场？可以在沉闷乏味的办公室里捉迷藏，也可以在肮脏腥臭的垃圾场找宝藏；可以在男女交易的温柔乡跳房子，当然，也可以在炮火连天的街巷里翻花绳、跳皮筋。震耳的轰隆声是背景音乐，远处坍塌的房屋是舞台布景，恐惧、哭号、麻木、绝望……顶着各式各样面具的成人只是会移动的道具。年幼的我，在这悲惨的舞台上，无知地欢笑着，会为了下雨时泥泞积水的道路而兴奋，会为了破碎房屋后出现的彩虹而尖叫，会为了看一列蚂蚁行进而踏入生化禁区，会为了一粒捡到的糖果开心得忘记不远处那只孤零零的被炸断的陌生人的手。

我想，那些发动战争的成人，不管多大年纪，内心定然留存着一个定格的孩童，并且无关孩童的善，只保有孩童的恶——或者更确切地说，是孩童的极端强烈的自我。只有这样的人，才可以对他人无尽的惨烈死亡视而不见，对无数家庭的破碎毫不在意，对人性的灭绝嗤之以鼻——人性？他即是全世界、全宇宙，天地万物，只得照见他的神性，何来的人？

战争，是令发动战争的成年巨婴尽情狂欢的游乐场。

在我五岁时，随着愈演愈烈的内战，大批难民逃往邻国或海外，连我一向不甚聪明的母亲也意识到，再不出逃，她和她的女儿迟早会死在这场旷日持久的动荡中。

可是，如何逃呢？

最先逃走的当然是上层阶级，在战争之前很久，他们就已经有条不紊地把亲属和资产转移到海外。接着是中产阶级，借着留学、经商、职业拓展等名义，陆续将家庭迁离。至于广大的下层民众，但凡有任何一点海外关系的，也都想办法逃了出去。剩下的，则是数量庞大的，像我母亲这般，贫穷的、不聪明的、毫无政治警觉性，也没有任何门路的平民，在频繁轰炸中如地鼠一般胆战心惊地活着，继而麻木，凭着某种与生俱来的堪称惊人的生存本能，在这末世般的土地上，按部就班地生活、调情、做爱、生育。

连这样的人都想到了出逃，可以想见每一个边境口岸，每一条偷渡路线上，涌出了多少绝望而疯狂的难民——要活下去，活下去，哪怕赌上性命，也要活下去——这种迷幻而决绝的氛围笼罩着庞大的难民群体，让每一个边境线上的官僚，以及做偷渡买卖的蛇头赚得盆满钵满，他们被难民奉若神明，然而神难道不是残忍的吗？神难道不是置人的生死于度外的吗？成千上万的难民死于边境线士兵的枪口之下，或是死于偷渡船舱中的窒息、传染病、缺水、饥饿、海难中。最终，谁也说不清，战争中死去的平民和逃难中死去的难民，哪个数量更多一些。

这样溃败悲惨的逃亡中，我的母亲和我竟然能存活下来，是因为上天的眷顾吗？当然不是。我母亲发挥了她最擅长，或者说唯一擅长的能力，她勾搭上一个倒卖日用品发战争财的外国商人，比她大三十岁、肥胖、丑陋、离异、无子，这个男人将我们母女带回他的国家，与我母亲结婚，成为我的继父。

所以，我大概还是小看了美貌的用处吧。我母亲程度尴尬的美丽虽然无法转化为荣华富贵，但也得以让她利用出卖肉体使得自己和女儿在极大的死亡概率下绝处逢生。

我就这样永远地离开了亚里波西。

因为当十年后我再回到那片土地时，亚里波西这个名字，已经不复存在。

我以一个异类的身份在远离故土的国家生活了十年，学习一门陌生的语言直至替代母语。不得不说儿童的学习能力的确远胜于成人，我母亲一辈子都没有完全掌握这门语言，始终说得磕磕绊绊错漏百出，在家里她总是用母语交流，当然，学不会也可能是因为她不聪明也不努力。

没有了语言的障碍，标识我"异类"身份的便剩下我的外表。我长着标准的亚里波西人的样貌，五官立体，身材永远比这里的同龄女孩高大，甚至超过不少同龄男孩。我像个巨人一般俯视周围的同龄孩子，与成年人平视，这一点，我无法做任何改变。

接着，是我的思想。大概从我十岁以后，我开始清楚地意识到我和同龄人有多么不同——我知道，这样的想法看起来不过是绝大多数青少年都曾生出过的幻觉，这漫长的幻觉往往需要在他们进入社会后经历一次次幻灭才恍然破裂，人们终于不得不承认并接受自己泯然于众人——但是，不能否认的是，那时的我的确与同龄人出现了严重的沟通困难。

女孩们炫耀着新买的裙子时，我想起在亚里波西时的邻居，一个年老的妇人，在得知唯一的儿子战死之后，用一根绳子在家中上吊自尽。足足过了两个星期，因为不堪越来越严重的腐臭味，我母亲叫上其他几个邻居撬开她家的门，才看到她悬挂着的正在腐烂的尸体。我跟在大人们身后，透过他们的腿缝，看到她穿着一件红色的绣着灿烂花纹的亚里波西传统裙子，尸水顺着袖管滴滴答答落在地板上，一群黑色的苍蝇围着她飞舞，停在那些花纹中间，仿佛闯入花田中兴奋得发狂的蜜蜂。

男孩们用玩具水枪互相喷射时，我想起亚里波西的街道上，那一次次突如其来的巷战，有时候是军队突袭，有时候是黑帮火拼，有时候是绝望到癫狂的疯子，举着枪漫无目的地扫射。有一次，枪击就发生在我家的窗台下，射飞的子弹击碎了我家的玻璃窗，母亲抱着我躲在床下，嘴里不耐烦地小声咒骂着，物价飞涨，换一块新玻璃得花多少钱。枪击结束后，我们母女爬出来，我在地板上捡到那枚子弹，沉甸甸的。走到窗台边看，楼下躺着几具尸体——准确地说，是将死的人。他们的身体被子弹射穿，流着汩汩近乎黑色的血液，他们无力地躺着，发出濒死的阵阵哀号。有一个男人看到我，仿佛看到救世主一般，哀求我救他。母亲劈手夺过我手中的子弹，狠狠朝窗台下那男人砸去，又朝他吐了口吐沫。白色的唾液挂在男人微微抽搐的垂死的脸上，从额头流到眼睑，男人睁着眼死去。

我曾经把这些事讲给那些同龄的孩子听，但从他们的表情和眼神中，我意识到这些只能作为我永久的秘密。之后又过了几年，在中学里，总有一些企图以破坏规则来标识自己与众不同的青少年，模仿着成年人中不高级的趣味，抽烟、喝酒、赌博、逃课、打架、泡妞……无外乎如此。起初，似乎是同为"异类"的相似氛围令他们注意到了我，邀请我加入他们的团体，然而过了一段时间，我便发觉我仍然不属于这群人。所谓的堕落和叛逆不过是因为荷尔蒙的喷涌，与隔阂无关，与痛苦无关，与死亡无关。

为什么我不能纯粹地成为他们这样的人呢？

我在亚里波西不过经历了人生最初的五年，我原本以为对于我尚未展开的一生，短短五年，不过转瞬。可是最终我意识到，人生最初的五年，将令我成为一个我不想成为的人。一旦有一个把战场作为游乐场的童年，那些无心看过的听过的任何瞬间，都将在漫长的未来，吞噬你的一生。

十六岁时，我逃离了家庭。

我母亲那时三十六岁，继父已经六十六岁，这悬殊的年龄差异导致的结果通常是年老的丈夫有心无力苟延残喘，风韵犹存的妻子不甘寂寞红杏出墙，闹出些风流韵事供人茶余饭后闲闲咀嚼。可在这个家庭里，却是相反的。年老的继父情人不断，而我尚未衰老的母亲却成了一个惊恐、怨愤、絮叨的妇人。

我想，大概勾引一个外国商人带领女儿逃出亚里波西已经是我美丽但不聪明的母亲一生所能到达的智慧巅峰的壮举。身处异国他乡却不掌握其语言，自然而然无法和别人沟通，生活中唯一的圈子便只有家庭，这样生活十年，无论曾经是多么风流放荡的女人，都迟早会变成我母亲如今的样子。

我母亲当然知道丈夫有情人，我继父根本没有想过要瞒她。那些附着于衣领上的浓烈香水味，那些白衬衣上留下的猩红色口红痕迹，那些枕头上掉落的长短不一的发丝，轻描淡写地出现在这个家中，再被我母亲视若无睹地清洗干净。

我母亲从未爱过她的丈夫，她之于他，不过是寄生的关系。她清楚地知道，离开了这个男人，她无法生存下去。她如此笃信这一点，以至于从未有过一丝一毫的反抗。也许在女权主义者眼中，我母亲这样的女人，是愚蠢而被蒙蔽的，是可悲而又可怜的。但实际上，这是这类女人经过全盘计算后清醒的选择——她们懒于独自一人在外奋斗，懒于工作，懒于职场竞争，痛恨捉襟见肘地维持生计，她们渴望现成的金钱以供消费，渴望安稳的家庭生活以供栖息，她们羡慕寄生关系，她们所有的智慧都用在了如何维持这样的寄生关系上。与之相对的，她们需要付出的代价是唯丈夫是从，甘做丈夫的奴仆（生活上和精神上的），默认丈夫可以拥有更多性伴侣。她们两相比较之后，认为这是一门各取所需的双赢交易，于是签字画押，携手开启这场披着堂皇的忠贞誓言名为"婚姻"的生意。

然而这样的女人往往会忽略一个潜在的陷阱，那就是随着时间推移，年龄增长，她们对于丈夫的价值不断下跌，更多年轻的有着同样算计的女孩如雨后春笋般冒出来，围绕在她们事业有成的丈夫身边，企图窃取她们的宿主。而年老色衰、从未有过独立能力的她们，将要操持着那可怜的浅薄的心机，以低到尘埃里的姿态，乞求天神一般的丈夫不要将自己赶出这不必费心生计的伊甸园。

你能想象这些女人匍匐乞求的姿态有多么低下多么超出认知吗？你恐怕不能。

我母亲看着她的丈夫在没有血缘关系的女儿面前讲着下流的笑话，借机抓住女儿的肩膀、膝盖，给女儿灌下烈酒，她无动于衷，沉默地走回卧室。

我母亲面对着恐惧痛哭的女儿，以恳切的神情劝说，忍一忍，要哄得继父开心，如果他把我们赶出家去，我们如何活得下去。如果他把我们送回亚里波西，我们怎么办，你难道想再回到亚里波西等死吗，乔，你想回到亚里波西吗？

亚里波西，亚里波西，你到底是我的故乡，还是我的囚笼？

在我十六岁那年，亚里波西这个名字彻底成为历史，名叫亚里波西的国家破灭了，分裂成数个大大小小的政权。我在电视上看到这个新闻，那一刻，一种巨大的空白淹没了我，仿佛我成了亚里波西本身，破灭的是我，分裂的是我，再不存在的，是我。

我母亲竟然露出了如释重负的笑容，她认为随着亚里波西的消亡，她再也不用担心会被丈夫送回去，仿佛获得自由一般。

在学校，同学们对这则新闻毫无兴趣，依旧谈论着刚刚分手的明星、刚刚传出绯闻的演员、早上地铁上看到的帅气男孩、昨天的家庭作业、下周的考试……每当这样的时刻，你便会觉得世界大得可怕，哪怕交通工具和互联网令人生出错觉，觉得全世界联系得如此紧密，地球如此之小，你可以与世界任何一个角落建立交流，你也可以至多花几天的时间就亲自去到那里。可那依旧只是幻觉，一场剧变正在上演，一个帝国灰飞烟灭，可是那不重要，那都不重要。

那天晚上，继父喝醉了，他在庆祝亚里波西的分裂——他倒卖的日用品可以由出口一个国家变为出口到几个国家，这当中价格的利润有了更多水分，作为唯利是图的商人，他有什么理由不好好庆祝一场呢。

他在深夜醉醺醺地回到家，我母亲在卧室睡了，他走到卧室门口，停住，转过身，开始解开衣扣，松开皮带，朝我的房间走来。

我的六十六岁的继父，一丝不挂，赤裸着衰老、臃肿、松弛的身体走进十六岁继女的房间。他那张丑陋的皱纹横生的脸孔上扭曲出笑容，他说，如果你不听话，就把你扔回亚里波西。

我突然觉得难忍笑意，为什么我的母亲、我的继父，都想当然地认为我惧怕回到亚里波西呢？

我笑出声来，尖厉的声音令我的继父咒骂着我，但没有再敢往前走。这笑声也让旁边卧室里传出些声响，但仅仅是声响，我母亲自始至终从未走出那卧室。

我想，我必须离开这里了。

这个国家很大，我来到这里十年，从未离开过这座城市。

世界很大，我出生十六年，只去过两个国家，两个地方。

可是，这偌大的国，这偌大的地球，我只想消失。

那么，就让我回到亚里波西吧，哪怕它已不复存在，消失的女孩回到消失的故乡，不管名字作何变迁，让我回到那片土地吧。

再次回到这个国家时，我，二十岁。

没有人知道我回来了，包括我的母亲。在他们日渐丧失的关于"乔"的记忆中，我永远是那个十六岁的不知所终的女孩。而二十岁的我，只是一个恰好也叫"乔"的年轻女人。

这也是在未来当我被众所周知时讲述过往故事的起点。

二十岁的我，靠打工维生，因为身材高瘦，偶然地被发掘去给服装杂志拍照，成了模特，再一次偶然地，被找去客串一个电影里的小角色，成了演员。

我在三十岁时到达了人生的半程，彼时的我仍然只是一个名不见经传的女演员，在许多电影中演出着各式配角，与一些男人有过短暂的情缘，对攀爬名利场并无欲望和向往，也从未幻想过拥有家庭生活。我像幽灵那样地生活着，认为自己会这般过完一生。我无从得知我的命运会在五年后与一个叫孟的男人产生交集，更不会知晓我和孟将成为夫妻相伴一生。

但这仅仅是命运的安排吗？与孟的婚姻生活，本质上与我此前如幽灵般的生活——在各种戏剧中扮演配角——难道不是如出一辙吗？只不过是从配角成为主角，从戏剧扩展到现实，不分昼夜地扮演着那个以"黎"为原型的角色。

这难道不是我自己的选择吗？

我没有被孟曾经的柔情蜜意所迷惑，对连他自己都未必明了的潜意识洞若观火，甚至在一段时间内，我觉得我和孟如此幸运能遇到彼此——他找到了最好的扮演者，而我对能够用一个角色完全地占领自己的意识求之不得——我们难道不是天作之合吗？

是的，一切都是我自己的选择。

我选择抹杀自己，成为别人，成为黎的替代品。

我想要"乔"这个人，像亚里波西那样，永远地消失，被我遗忘。

想要彻底忘掉的"乔"，究竟是怎样一个人？

乔，十六岁，只身回到曾经的亚里波西。她还未来得及去往童年所在的城市，在离边境线不远的一个小镇上，在一辆破旧的据说开往那城市的大巴车里，她被人打昏，捆住手脚，蒙住眼睛，嘴里塞一块腥臭的抹布，扔在大巴车底的货箱内。她在一路的颠簸中醒来，眼前漆黑，她的身体随着汽车的行驶在货厢内跌撞，坚硬的铁皮撞击她的肩膀和肋骨，巨大的恐惧令她几乎失去意识，但不断传来的疼痛又逼迫她清醒，可这清醒除了令她备受心中那庞然的恐惧折磨之外，毫无用处。

汽车行驶了很久，漫长得仿佛没有尽头，当它终于停下时，乔怀疑自己离死亡已近。

货厢门慢慢升起的声音，接着，是渐近的脚步声，一双手猛地抓住她，将她蛮横地拖出货厢，摔在地上。几个男人在用亚里波西语交谈——"绝对的好货色""这个价，便宜你了"——乔终于意识到，她是落在了人贩手中。

下一秒，一只有力的男人的手便抓住她的肩膀，像菜市场挑拣禽类一般，一一捏过她的手臂、胸脯、腰肢、臀部，她拼命挣扎扭动，却丝毫躲不开那只手，仿佛待宰的雏鸡。

"太瘦了。"低沉单调的男性声音传来。

"瘦？她才多大，喂多点，保管有肉。"

听他们的对话，仿佛真的是在为一只活禽讨价还价。

有人将她的裤子一把拽到膝盖，大腿暴露在寒风中，粗糙的大手狠狠拍打她的皮肤："你仔细看看这肉，这细皮嫩肉的，可不是那些乡下货色能比的。"

那男人的声音没有再响起。

一时间，恐怖的寂静再次笼罩而来，乔赤裸着大腿，浑身剧烈地发抖。

又过了一会儿，身边传来汽车开启的声音，乔还不确定发生了什么，她再次被一双手抓起，身体脱离地面，走了一小段路，被扔进了某个狭窄的地方。

关门声。

浓烈的血腥味扑鼻而来，乔几乎窒息，胃液翻涌，嘴里还塞着抹布，她连呕吐都做不到。

汽车开启时的震动。

乔隐约意识到，她大概被扔进了另一辆车的货厢里？

接着，又是漫无止境的颠簸，以及比之前更可怕的，无孔不入的血腥气味，以及某种黏稠的半干未干的液体渗透进她的衣服，沾染她的皮肤……是血液吧？她是在前往地狱的车厢中吗？

当她已经精疲力竭、意识恍惚之时，货车终于停下，开门声，她再次被一双手从车上拖下，然后半拖半拎着往前行进，她的双脚在地上拖行，是泥土和石头混合的触感。开门声，她被拖进房中，温度变暖，地面的触感变成了木头，然后她被猛地摔下，她以为等待她的又是地面撞击骨头的刺痛，然而这次迎接她的，却是异常柔软的东西——她停顿了几秒钟才想起来，是床。

不等她再有下一个意识，她被捆住的双手被猛地拉直，像是被拴在了什么东西上。然后，那双粗暴的手开始剥下她的衣服、裤子，她终于反应过来接下来会发生什么，恐惧像一把上膛的枪，扫射她身体内的每一个角落，每一根神经。她疯狂挣扎起来，喉咙里迸发尖锐的叫声，但耳朵里却只能听到自己含混而绝望的呜咽。

最后被扯下的，是蒙住她眼睛的布条。

光线像狂暴的乱箭般骤然射入她的瞳孔，眼中涌起泛滥的液体，模糊她的视线，一张亚里波西中年男人的脸覆盖进她的眼球，那张面孔混合着无情的陌生与残忍的欲望，在她无法控制的泪水中扭曲变形。

男人架开她的双腿，一只手捏住她的乳头，沉重的身躯压住她战栗到几乎痉挛的身体。他的脸孔近在咫尺，粗重的鼻息喷到她颤抖的脸孔上。他盯着她的眼睛，仿佛打量一只待宰的猎物，然后，他开口说："记着，我是你的丈夫，我叫阿历克赛。"

十六岁到十八岁，乔没有离开过那幢石房子。最初的一年，她被锁在猎人的仓库内，与不断替换的新鲜的动物尸体为伴，那种血腥的死亡气味仿佛渗透进她的每一根发丝每一个毛孔内。每一个白天都漫长得没有尽头，她有时会抚摸新鲜尸体尚且保留光泽的皮毛。有时候，她会凑近某只刚死的鹿睁大的眼，在那漆黑的浓雾一般的瞳孔里，看自己的倒影。有时候，她会看着动物身上裂开的干涸的伤口，然后靠近，伸出舌头，舔舐那破裂皮毛下散发着腥气的生肉。

而大多数的夜晚，猎人回来，打开仓库的门，命令她出来，洗澡，换上睡衣，躺在床上，双手拴在床头，尽她身为妻子的"义务"。结束后，猎人沉沉睡去，她的手依然被拴着，只能一动不动平躺，看着漆黑的房顶。空气里弥漫着精液的味道，可是更浓烈的，仍然是那股动物尸体的气味，无论再怎么清洗，那气息都挥之不去，仿佛她就是尸体本身。

到了第二年，猎人略微放松了一些对她的看管，她可以在整个房间里走动，但脚上仍锁着一副沉重的镣铐，稍微迈大步就会顺势摔倒在地，她浑身上下都是青一块紫一块的伤痕，有时候在床上，猎人不愿剥下她的衣服看她的裸体，反正，作为男人，他最终需要的不过是一个洞。所以，大多数时候，她也不愿走动，只是坐在客厅的沙发上，盯着餐桌上那块绣着亚里波西花纹的织布发呆，时间有如死水，每一天都是相同的，每一天都不再有意义。

第三年，猎人终于允许她踏出那座石头房子，因为她怀孕了。猎人带着她，开着货车去镇上，先到皮货市场卖了货仓里的猎物尸体，再去一家小诊所看医生。医生说她还算健康，但走动太少，身体浮肿得厉害，要多散步才好，医生对她身上的斑斑伤痕只字不提。回到家中，猎人终于将那副镣铐收了起来，每天早晚带着她散步。一开始只在院子里，后来渐渐地，会带她去附近的森林走一走。

她的话变多了一些，她问猎人在森林里都捕获过什么动物，问猎人从小就长在这里吗，问猎人在成为猎人之前做什么。猎人断断续续回答了她，她于是知道这森林旁边曾经有一个小村庄，猎人就出生在村里，父辈都是以打猎为生，猎人上过一些学，和村里一个年龄相仿的女孩有过婚约……然后，战争开始了。边境森林是最早的战场之一，因为叛乱的游击队多隐藏在森林中，政府军队一次次扫荡着附近的村庄，叛军也一次次掠夺着村民们的财产。平静安稳的村落迅速凋落下去，有门路的人都跑光了，女孩跟随亲戚走了，猎人最后一次见她，她坐在货车的后车厢内，坐在一堆杂乱的家具中，愣愣地看着他，好像没有想过他们两人这辈子不会再相见。后来，在一次政府军和叛军的战斗中，炮弹击中猎人的家，除了去森林中狩猎的他以外，他们一家都被埋在倒塌的房屋之下。

只身一人的猎人加入了一支军队，打了几年仗，身上留下大大小小的枪伤，有一天，他突然逃离了军队，回到边境森林。村庄早已被摧毁，森林重新占领了荒废的土地。他在附近搭了一间小木屋，用做士兵时的那杆枪，成了这片森林里唯一的猎人。他每个月去镇上一次，用捕获的猎物换回食物和日用品。后来渐渐有了些余钱，他买了一辆二手货车，找人将那木屋改建成石房子。战争仍然继续着，似乎没有终结的预兆，战火炙烤着这个国家广阔的土地，然而这一切似乎已经和猎人无关了，他只是一个猎人，一个不再年轻的孤独的男人，他开始想要一个女人，一个妻子，最好，能再有几个孩子。

亚里波西破灭了，战争却没有停止，活着的人还要继续活着，猎人依旧孤身一人，但他未来的"妻子"已经逃离家庭，迎着枪林弹雨，妄图回到故土，却如何知道，等待她的将是数年的囚禁，一个所谓的丈夫，一个"妻子"的身份，和一个孕育中的孩子。

　　在乔的十九岁快要结束时，一个冬天下雪的早晨，她生下了孩子，一个男孩。猎人很高兴，他仔细斟酌着孩子的名字，苦于自己没好好上过学，他决定下次去镇上时，请学校的老师起一个像样的名字。至于眼下，就暂且叫这孩子阿陆吧。猎人说，阿陆，这也是他曾经的小名。

　　阿陆。乔看着怀中的孩子，那么小，脸皱巴巴的，像一枚粉红的花生粒。阿陆。乔又默念了一遍这名字，将孩子放回摇篮，那小身体传来的热量还停留在她的手臂上，她仿佛过敏一般用力搔挠皮肤。孩子瞪着乌溜溜的眼睛看着她，咿咿呀呀地笑起来。

　　阿陆即将满月时，猎人又要去镇上，这是孩子出生后他第一次离家。以往每到这时候，猎人都会把乔锁在封闭的仓库里，直到他回来才开门。乔抱着孩子，走到仓库门口，里面散发出的血腥气味令孩子大哭起来，死死抓住乔的手臂。乔转头看着猎人，猎人想了想，让乔抱着孩子回到客厅。乔小声哄着孩子，孩子很快安静下来，猎人看着这女人的侧面，突然忍不住伸手摸了摸她的脸。乔微微发抖，怯怯地看着猎人。猎人笨拙地将女人耳边掉落的发丝别到她耳后，粗大的手指抚过她发红柔软的耳郭。猎人忽然凑近，亲吻女人的脸颊，轻轻的，没有掠夺意味的，爱人般的亲吻。

　　猎人锁上门，开车离开。今天他有很多事要做，要把猎物卖个好价钱，去镇上的学校找教书先生，替儿子讨一个好名字，再买些玩具……也许，可以给她买条花裙子。

　　汽车的声音渐渐消失，乔看了一眼墙上的时钟，从卧室里取出猎人的皮外套穿上，那衣服太大，松松垮垮地挂在她身上。她换上皮靴，用厚毛毯将孩子包裹住，她像是包装礼物一般将毛毯围着孩子叠得整整齐齐，裹紧孩子的每一处又不至于令他太过束缚手脚。她找出一捆宽而厚实的麻布带子，将包裹着孩子的毛毯拴了几道，打上结。

　　她又抬眼看了看时钟，二十分钟过去了。她起身，去厨房里拿出两个结实的牛肉罐头，返回客厅，对准窗户，用力扔过去，玻璃窗应声而裂，破开的巨大洞口，冬日的寒风猛然灌入，房间里冷热交织。

　　她深吸一口冰冷的空气，用猎刀将剩下的玻璃尖尽量清理，然后将桌子移到窗边，将孩子放在桌上。接着，她戴好皮手套，踩在桌子上，小心翼翼地将一手一脚穿过窗户，落在地上，再缩起身体越过窗户，剩余的玻璃碴子不时划过厚实的手套或外套，不至于割到她的皮肤。她整个人已经爬了出来，转身将紧靠窗边的孩子抱起，慢慢地穿过破开的玻璃，终于将孩子抱在怀中。孩子一无所知地熟睡着，被室外的寒风一吹，不安分地动了动身子，她连忙将毛毯拢起挡好孩子的头部。她转过身，看着荒凉的森林，雪又下了起来，用不了多久就能覆盖住她的脚印，她拔腿在雪地中跑了起来。

　　她其实知道她的逃跑一定会失败。她只不过被猎人领着走过森林的一点边边角角，只不过被带着去过几次镇上的医院，她不能沿着大路走，因为那样必然会被猎人发现，但走入森林里的小道，用不了多久她就会迷路，她怎么会比得过终日在此狩猎的猎人，他很快就能找到她。又或者，即便她运气好到可以躲过猎人的追捕，她又要如何走出这无边的森林，如何避开那些潜伏在丛林深处的饥饿野兽，或者猎人四处布置好的陷阱和捕兽夹？

所以，从一开始她就知道，她是自寻死路。

她很快迷失在森林中，她迎着稀薄的阳光，一味往前走，心中如死水般平静。这四年来日复一日的绝望令她已经彻底对"绝望"麻木了，她分辨不出到底什么叫绝望，她只剩波澜不惊的平静。

不知过了多久，襁褓中的孩子饿了，一开始是小声地哭泣，然后哇哇大哭起来，身体用力挣扎，一双小手向她伸来。她将孩子放在雪地上，面无表情地看着他号啕，尖锐的哭声在无边森林中回荡。孩子哭累了，虚弱地昏睡过去，她便重新抱起孩子，继续往前走。

雪停了，乌云散开，低垂的夕阳照拂着雪白的森林。她知道猎人已经回来了，知道他正冲向森林寻找她和孩子，知道他很快会抓到她，会一辈子将她锁在那个仓库里，一辈子与动物尸体做伴，一辈子戴着镣铐，一辈子不会再放她出来。她知道了即将发生的一切，即便如此，当刺耳的枪声响彻森林时，她还是无法控制地跌坐在雪地中。

枪声让奄奄一息的孩子再度醒来，仿佛是听到父亲的呼唤一般，他用尽最后的力气哭起来。

再过几分钟，猎人就会循着声音赶过来了吧？

她看着雪地上哭得满脸通红的孩子，阿陆，阿陆，她低声说，你知道吗，今天是我的生日，我二十岁了。

她的母亲在二十岁时生下了她，她看不起的、她所鄙夷的母亲，然而二十年后，她却和她母亲走上了同样的道路，无法选择地成为一个新的痛苦的母亲，这是命运的恶作剧吗？

她想象二十年前的今天，她的母亲看着那丑陋的弱小的婴儿，是否像看到了人生最大的耻辱？她的母亲是否会情不自禁地将手伸向那幼嫩的不堪一击的脖颈，轻轻握住，手指开始用力，掌心中是一个活物拼尽全力的挣扎，是心脏濒死时绝望的跳动。然后那跳动微弱下去，那挣扎也瘫软下去，那瞳孔散开来，直到暗淡如黑洞。

如果她的母亲那样做就好了，如果那样，她就将不用经历战争的创痛、故乡的背离、人际的隔绝、继父的侵扰、国家的破灭……她就将不用再次回到亚里波西，不会遭遇贩卖，不会被囚禁，不会怀孕，不会生下婴儿，那么，她也就将不用杀死他。

她松开双手，襁褓中的婴儿安静地躺在赤红夕阳照射下的雪地上，仿佛静止在火海中的一艘小船。

远处传来行进的沙沙声。

她站起身，藏至附近的树后。

过了一会儿，猎人的身形影影绰绰出现在林中，他向着这边跑来，雪地中的婴儿令他丧失了一贯的警觉，他疯狂地冲向他的孩子，丝毫没有察觉她的存在，从她藏身的树边越过。

猎人扔下猎枪，狼狈地跪在婴儿身边，惊慌失措地抱起婴儿，婴儿看起来像熟睡一般，睫毛上结起薄薄的白霜——

猎人愣住。

就在这个瞬间，她从树后探出身，摸出怀中的猎刀，向猎人的后背用力捅下。

她知道这柄刀的厉害，她看过猎人很多次用这把刀轻易刺穿猎物的身体，砍下它们的四肢和头颅。

她知道人心脏的确切位置，无数个夜晚她被绑在床上，他疯狂地进出她的身体时，她的眼睛始终盯着他左边的胸口，当他俯下身压在她身体上时，她全身的神经都在确认他胸腔内激烈跃动的心脏。她一遍又一遍在脑海里勾勒，这是他心脏的位置，这是能杀死他的地方。

猎刀像切入硬皮水果一般，起初有些阻力，刺破外皮之后，就顺畅起来，她甚至感受到他的心脏被切入时的骤然收缩。她还想继续往下刺，然而猎人猛地转身，将她推翻在地。他难以置信地看着她，但凭着长期捕猎的本能，他已经将手伸向地上的猎枪。她挣扎起来，用力扑向他。猎人无法将枪口对准她，狠狠用枪柄砸向她的头，巨大的眩晕袭来，然后是血和刺痛，她仍然死死抓着他，两人摔向雪地，混乱中猎人扣动扳机，猎枪向空中射出子弹，近在咫尺的枪声震耳欲聋。开枪的后坐力让猎人的身体瞬间晃动，他倒在地上，后背上的刀柄反射夕阳的血光。她趁此时机握住猎刀，拼命将刀拔出，猎人闷哼一声，后背涌出汩汩鲜血。他手中还握着枪，她眼疾手快将猎刀钉进他的手背，将猎枪顺势抽走，扔开。然后拔出猎刀，向着猎人的心脏再次捅去。

猎人像破烂的血袋一般肆意漫延出血液，他已无力抵抗，只是一点点艰难地往前爬，爬向已经僵硬的婴儿，她持刀跟在他身后，一次次刺穿他的身体。在距离婴儿还有半米远时，猎人停止了呼吸，而她仍然没有停手，跪在地上，将猎人的身体捅得千疮百孔，直到用尽最后一丝力气。她松开猎刀，瘫倒在雪地上。

浸透了血液的雪地湿润而黏稠，猎人的血浸入她的身体，手、脸、头发……那挥之不去的死亡的气味真正地占有了她的灵魂。她一动不动地躺着，身边是她死去的丈夫和孩子。日落后蓝灰色的天空撑满她失焦的瞳孔，雪花又开始坠落，森林恢复了寂静。她知道，今夜，有一个叫乔的女人也死在了这里，死在亚里波西的边境森林。

# Chapter 09

# 修罗

"现在，你知道真正的乔了吗？"

冰冷的、不带丝毫感情的声音在我耳边响起，像浓雾弥漫的黑夜里炸开的惊雷。

我竭力睁开双眼，刺眼的白炽灯直射眼球，仿佛瞬间失明。

我抬手遮挡光线，过了几秒，眼睛总算适应了光亮。我放下手，穿着白色衣裙的乔就站在我面前几步之外。

这个寻觅太久的身影令我忍不住脱口而出："乔！"但很快我迟疑起来，因为再仔细看时，眼前的女人与我印象中的乔似乎有着微妙的差异。她确然有着乔的外貌轮廓，但她看上去甚为年轻，大约二十岁，可脸上的神情，又时而浮现出不合时宜的沧桑。她披散着长发，穿着宽松的白色睡裙，赤着脚，站在舞台上。

……舞台？

我悚然一惊，连忙环顾四周，发现自己身处一个陈旧的剧场舞台上，那刺眼的光线来自舞台上方巨大的顶灯，我坐在椅子上，乔——准确地说是极为像乔的年轻女人站在舞台中央。观众席上零零星星坐了几个观众，舞台上光线太强，我看不清他们的脸孔。

我强迫自己镇定下来，仰头看着眼前面无表情的女人，用颤抖的声音问："你……你是乔吗？"

她没有回答，在强烈的光线中，她白色的皮肤白色的衣裙晕染开淡淡的光晕，稀薄得仿佛即将消失。

"回答我……你是乔吗？你是我一直寻找的乔吗？你是我妻子乔吗？回答我！"

那女人终于看着我："我是。"

面对这句我追寻已久的答案，我反而有些不知所措，只是下意识地重复着："你是乔……你是乔……我找你很久，很久……"

"所以呢？你刺破了我为自己构建起的那层虚假记忆，你找到我，找到了真正的我，超乎你想象的我，你对这个结果满意吗，还是后悔？"乔以一种前所未有的冷静面对我，毋宁说是冷酷。

"我……我不知道……"我仿佛被她无形中的气势所压制，嗫嚅地说，"我只是……好像明白了，明白了你为什么选择和我在一起，为什么愿意为我扮演……"

"黎。"她苍白的唇边升起一丝笑意，"是啊，黎太迷人了，而你和我，孟，我们却那么相似。"

"……相似？"

"难道不是吗？现在我们真正了解了彼此的过去，你和我都是自出生以来就拥有太少的人，而黎，黎是我们憧憬的彼岸啊……这样一个从出生起就应有尽有的人强烈地吸引了我们，无论是爱这个女人，还是扮演这个女人，都成了我们补全破碎自我的方式。"

乔的话在我脑中掀起风暴，我爱黎——如果我爱黎的话——只是因为她拥有我出生起缺失的一切？如果这是真实的原因，这所谓的"爱"存在吗？我……爱黎吗？我试图不被这一连串的质疑将自己冲垮，用摇摇欲坠的理智继续追问："如果……如果你和我对黎都有类似的情感，曾经我们也因为这种情感紧密而融洽地捆绑在一起，我甚至以为可以如此幸运地度过一生。可是为什么，从我意识得到却又说不明确的某一个时刻开始，我们日渐疏远，彼此背叛，在婚姻的幌子之下分道扬镳？"

乔无奈地笑了笑："我也曾经这样认为，我们遇到彼此，是多么幸运……能够在与你的婚姻中投入地扮演另一个人，能够几乎忘掉有着罪恶过往的自我，多么好……"

"那么为什么呢？为什么我们的婚姻，我们的相互满足走上了与希冀全然相反的方向？我没有指责你，但在我的感觉中，是你率先疏远了我。"

"是，是我先疏远了你。"

"为什么？"

　　她抬起头，用亮如猎捕中的兽一般的瞳孔直视我："因为人心底的那个自我是难以根除的，无论我如何扮演黎，扮演你的妻子，那个我压制的，我拼命想要忘记的自我总会挣扎着要爬出来，她撕扯着我为她设下的牢笼，她咒骂我、讥笑我、威胁我、恳求我，她无论如何都要出来，她要出来，她想要得到——"

　　乔的话戛然而止，她瞪大眼睛看着我，眼中闪现幽灵般的恐惧。

　　"得到什么？"我追问。

　　乔沉默。

　　"得到什么？乔，说话啊！"

　　沉默。

　　"说话啊！"我忍不住站起身，一把抓住乔单薄的肩膀，手指用力抠进她的皮肉中，"你到底想要得到什么？！"

　　沉默。

　　这个瞬间，幽暗的观众席中突然响起一个声音："想要得到你的爱！"

　　这句话仿佛近在咫尺的雷鸣一般，将舞台上的我和乔震慑得动弹不得。

　　乔浑身发抖，猛地挣脱开我的手，用尖厉到近乎嘶哑的声音大叫："不是！不是！不对！"

　　"乔……"我思维混乱，只能无措地看着面前声嘶力竭的女人。

　　她竭力看向我，但又似乎不敢直面我，恐惧和痛苦就像快速掠过黑白交错的斑马线时那种既混杂又泾渭分明的叠加状态，在她的瞳孔中燃烧。

　　"不是……这不是爱……这只是……"她含混地说着，又戛然而止。

　　"只是一种欲望。不，准确地说，是一种渴望，情感渴望。"那声音再次响起，接着，一个人影从观众席当中站了起来。

　　我怔怔地转头看去，继而震惊到几乎无法呼吸。

　　乔站在观众席中。

　　我是说，又一个乔。

　　我熟悉的，中年人的乔。

　　我难以置信地看着台下，又转过头看着台上——究竟哪一个是真正的乔，抑或……她们都是？

　　台上的乔没有看我，一动不动凝视着中年的自己，仿佛一种对峙："渴望？你是说，我可怜到想要乞求一个自始至终将我当作替代品的人给予我一丝怜悯的情感？"她近乎讥笑地反问。

　　"可怜？不，你是可恨的。"台下的声音第三次响起，但是，这次的声音并非来自中年的乔，而是一个更加年轻的音色。

　　观众席另一边的角落，又一个人站了起来——一个年轻的乔。

　　这超乎想象的画面将我的意识逼迫至崩溃边缘，我僵坐在椅子上，此刻我才是真正的观众，即将陷入疯狂的旁观者。


　　台下年轻的乔继续用那种讥讽的语气说："你不过是一个假装可怜的骗子，一个自我开脱的杀人凶手，你以为亚里波西的雪能擦洗掉你手上沾染的血腥气味吗？不，洗不掉的，那味道已经跟随你四十年，浸到你的骨子里，会跟着你进坟墓，下地狱。"

　　"地狱？地狱？"台上的乔不怒反笑，"所以你想让我怎么选择？认命吗？认命自己将成为那个强奸犯一辈子的妻子，认命自己将做一个强奸后生下的孩子一辈子的母亲，认命自己将一辈子作为他们最忠实的奴隶，伺候他们、供养他们、乞求他们，直至将一个抚养长大，将另一个服侍至终老吗？我何曾怕过堕入地狱，我早已身处地狱之中！"

然而，这一番令人震撼的宣言，却丝毫没有撼动台下年轻的乔，她的语气中甚至有了幸灾乐祸的意味："骗子，你还在说谎。"

台上，乔挺得笔直的身体晃动了一下，仿佛被这简单的一句话重击。

"你以为你可以像想象中那样伪装得黑白分明非此即彼，你以为越是宣扬你对他们的恨，就越能掩盖你的复杂，你的伪装不是为了博取同情博取宽恕，你只是不敢面对你心中最不可告人的耻辱——那是耻辱，也是人性。可是你即便骗得了全世界，也骗不过你自己——"

"不要说了……不要说了！"

"你杀了你的丈夫你的孩子，是因为恨，更因为恐惧——"

"不要说了！不要说了！"

"你恐惧对他们产生感情——不，你已经对他们产生了感情——你爱他们——你发现你竟然爱他们——"

台上的乔像被抽空了所有气力，猝然跌坐在地上，如同一片苍白的落叶，被狂风席卷，徒然地剧烈颤抖。

那一刻，我好想伸出手，将她自风暴中摘出，用双手捂紧，然而我的躯体却仿佛被钉在了椅子上，一动不能动。

死寂吞噬了剧场，空白如同宇宙的沉默。

乔缓缓地抬起头，在炽烈如艳阳的灯光下，流出扭曲的泪水。这一刻，她像是变成了垂垂欲死的老人，用衰败颓然的语调，做诀别前的倾诉：

"我憎恨过许多人，憎恨过世界，憎恨过命运，但最终，我只憎恨自己，憎恨身为女人的自己。女人，被轻视，被欺侮，被抛弃，被贩卖，被掠夺，被囚禁，被践踏，被侵犯……可是，即便这样，女人，却无法控制住自己的心，只要获得那么一点点可怜的温暖，那么一点点无心的怜惜，她的心中就开始萌发出一种可悲的柔软，她曾经刻骨的仇恨就会情不自禁地开始软化，她就会不由自主地放大那蛛丝马迹的垂怜，放大成某种扭曲的羁绊，某种畸形的依恋，肆无忌惮的幻想开始侵蚀她的理智，千百年来人类为女人描摹灌输的所谓幸福圆满的图景就会冲击她曾经坚韧的防线。如果，如果她不幸怀孕，不幸成为一个母亲，那么更加疯狂的未来就这样向她打开了地狱的大门，她将在世俗的规劝与生理迸发的母性的双重操控下，与最刻骨铭心的仇恨和解，与她少年时代畅想过的种种未来告别，与她真正的自我意志决裂。她将成为她所恨之人最顺从的妻子，成为一块罪恶肉团最慈爱的母亲，她走上了千百年来女人们所选择的最平凡最安全的道路，那道路上缀满鲜花与金灿灿的稻谷，那道路上挤满了同路人，每一个都戴着神圣光辉的面具，每一个都揣有被称颂为伟大的子宫，而她们真正的面孔真正的声音都消散在'女人'和'母亲'这两扇早早降临的天国之门的身后，女人。女人，可悲的女人，她终将忘记女人和母亲之外她还是谁，这是不是她，她到底是谁。"

短暂的寂静之后，幽暗的台下，零星的观众一个接一个站起来。

台上，乔的眼泪凝固在脸上，她睁大眼睛看着观众席上站起的一个又一个自己，不同年龄的自己。

台下，十岁的乔用稚嫩的声音平静地说："你错了，可悲的不是女人，可悲的只是你。"

三十岁的乔说："没有人爱过你，没有人真正爱过你。"

五十岁的乔说："可悲的是，你却爱过他们，想要爱上他们。"

十岁的乔说："你爱过你美丽而不聪明的母亲——她把你当成累赘。"

十五岁的乔说："你爱过使你和母亲得以逃生的继父——他把你当成玩物。"

二十岁的乔说："你甚至爱上了侵犯你囚禁你的猎人——而他不过把你当成泄欲和繁殖的工具。"

四十岁的乔说："最后，你爱上了你的丈夫，他与你相伴一生，只是把你当成别人的替代品。"

"最可悲的是，你明明知道他们将你当成了什么，可是，你心中却始终有一团浇不灭的火，有一个燃烧的自我，挣扎着，徘徊着，无法控制地去一次次靠近他们，渴望他们，爱上他们。直到你老了，你就这样在求而不得中度过一生。如果生而为人就要饱经这情感渴望的折磨，你还愿意继续活下去吗？"六十岁的乔说。

"不，这并不是最可悲的。"十岁的乔轻轻地开口。

所有乔一起看向稚嫩的女童。

十岁的乔天真地笑起来："最可悲的是，在你的一生中唯一最有可能真正爱你、回应你的爱的那个人——你襁褓中的孩子——被你亲手杀死了。"

十岁的乔无忧无虑的笑容定格。

"砰——"

十岁的乔的笑容在清脆的子弹声中碎裂开来。

　　舞台上，穿着白色衣裙的乔，手持猎枪，面无表情，对准台下的又一个自己。

　　"砰——"

　　二十岁的乔应声倒在观众席中，右眼洞开黑色窟窿，流出汩汩鲜血。

　　台下的女人们尖叫着四散开去，乔端着猎枪，迅捷地从台上一跃而下，稳健地走入观众席过道，将枪口对准正逃向出口处的三十岁的自己。

　　"砰——"

　　三十岁的乔的后背皮开肉绽，白色的衬衫上晕染开一大片红色的血迹，她径直向着坚硬的阶梯重重砸下。

　　乔上前两步，对准倒地的自己的后脑再补上两枪。她低头看了两秒，缓缓转身，看向分散在观众席各处的剩余四个自己。

　　她翻身跃入观众席内，向着四十岁的自己追逐而去。明明灭灭的光线中，她白色的身影闪烁在暗红色的座位间隙中，如同一个鬼魅的幽灵，一个嗜血的噩梦。

　　屠杀就这样有条不紊地进行着，她像个高明而冷血的猎手，毫不迟疑地猎杀着不同年龄的自己——四十岁的乔、五十岁的乔……然后，她走到缩在角落里瑟瑟发抖的十五岁的自己面前，没有任何怜悯地举起枪，对准十五岁女孩的头颅。

　　"砰——"

　　喷溅开的血液洒在她白色的裙摆上，仿佛盛开在雪地中的罂粟花。

　　乔慢慢转过头，搜寻着最后一个猎物——六十岁的乔，正逃向出口处的大门，步履蹒跚地行走在阶梯上。

　　乔把猎枪平稳地架在座席上，上膛，瞄准六十岁的自己。

"砰——"

六十岁的乔猛地一晃，子弹打偏，从她左边的肩胛骨穿入体内，她栽倒在阶梯上，但没有死，继续挣扎着向出口处爬去。

乔提着枪穿越观众席，走到阶梯上，站在六十岁的自己身后。她没有再次开枪，而是跟在那鲜血淋漓老人的后面，看着她艰难爬行。她赤脚踩着地面，老人体内不断涌出的黏稠血液浸染她的脚底，她微微偏头，仿佛在思索什么，然后，她举起猎枪，用枪托狠狠砸向老人的头颅。

老人奄奄一息，乔扔下枪，抓住老人瘦弱的脚，猛地把正面翻过来，跨坐在老人身上，双手掐住老人的脖子。

六十岁的乔双手无力地挣扎着，试图抓向凶手的脸孔，然而只是徒劳地将血液抹在她的脸上，她的手颓然坠下，瞳孔中混浊的光芒消散，变成两颗漆黑的石砾。

乔看着死去的六十岁的自己，松开手，站起身，她拾起猎枪，重新看向舞台上。

她缓慢地朝着我走来。

她浑身沾满鲜血，双目发红，赤足漫步，一一经过那些死在她枪下的自己，仿佛自烈火地狱中归来的修罗。

她重新登上舞台，强烈的灯光令她身上的血迹更加夺目，她离我几步远，举起枪，对准我。

我已经完全失去了意识，忘记了自己是身处记忆之中，忘记了我可以用约定的暗号逃离，或者更确切地说，我无法逃离，即便我在现实中清醒过来，但我的意识也许将永远停留在这一刻，停留在这一场疯狂的悲剧性的屠杀之中。

这一刻，死亡——哪怕只是意识上的死亡——对我而言仿佛更像一种解脱。

我缓缓闭上眼。

开枪吧，乔。

"砰——"

我猛地睁开眼，迎接我的，是冒着热气的枪口和一张支离破碎的脸。

"砰——"

她反手用枪对准自己的头颅，再一枪。

血液四溅开来，巨大的血洞溃散在她的脸上，森然的白骨镶嵌在其中。

她用摇摇欲坠的眼珠看着我，然后，流下泪或是血。

"砰——"

她不断扣动扳机，不断射杀自己，她的躯体已经被射得千疮百孔，不成人形，她只求终结，但无法死去，她轮回在这由黑暗记忆构成的地狱中，走不出，逃不了。

"乔……乔！"

泪水从我眼中倾泻而出，我嘶喊的声音在那个瞬间仿佛变成另一个人，耀目的白光穿入我的瞳孔，我的身体再次射线般四散。

"不！我不能离开！让我留下！乔——乔！！！！！"

破碎的乔消散在光中，仿佛一道幻影，仿佛一场苦梦。


孟再度睁开眼时，映入眼帘的不是熟悉冰冷的实验室，而是一间陌生的病房。

"你醒了。"男人的声音从门口传来。

　　孟转头，看到邓倚靠在门口，穿着灰色的休闲服，与实验室身穿白色制服的他相比，仿佛换了一个人。

　　"我……"孟艰难地吐出一个干涩的音节，然后下一个瞬间，那些狂乱的记忆便蜂拥而至，搅破了真实和虚幻的界限，令他猛然坐起，"乔——乔呢？！"

　　邓快步走到床边，按压住他颤抖的双肩："你冷静，乔就在隔壁的病房，一切生理数据正常，只是暂时还没有醒过来。"

　　孟仍然挣扎起身："我要去看她！你刚才为什么让我出来？！让我回去！我必须回到记忆里！"

　　"你先听我说完——"邓加重手上的力道，依然按制住孟，"实验已经停止了！"

　　孟愣住："……什么？"

　　邓面无表情地看着他："记忆复原实验已经停止了，你不能再进入记忆。"

　　"……为什么？！你们凭什么做这种决定？！"孟冲动大喊。

　　邓无动于衷，依然平静地说："孟先生，在进行实验之前我曾经告知过你，意识进入记忆的时间过长，会产生副作用，而刚刚，你脑内意识和记忆的平衡已经到达了临界点，如果再继续下去，你脑中的记忆将大规模塌缩，将有限的脑容量腾给意识，所以我不得不叫停实验。"

　　孟怔怔看着眼前的男人，用了好一阵才恢复理智："所以……就这样了是吗……"

　　"孟先生，我很抱歉，但实验的确失败了。"邓一贯平稳的声音中多了一丝低落。

孟迟缓地摇摇头，拨开邓的手："……我去看我妻子。"

另一间病房里，乔仍在沉睡，孟坐在床边，凝视乔的面孔，累积叠加的皱纹将她的面孔凿刻为时间摩挲下的雕塑，每一道细微的褶皱，都是时间的指纹。

孟觉得眼前的乔有一种说不出的陌生。他闭上眼，吸了几口气，再睁开。眼前的面孔越发生疏。

他与妻子相识二十五年，最终换来的却是恍如初见的陌生？

但此时，这样的发现已不会激起他心中太多的波澜，他已经知道答案。因为此刻的乔才是真实的，他取下了眼中赋予她的另一张面容，而她也撤下了那张一直配合戴着的面具，那个横亘在他们之间的名叫"黎"的女人直到二十五年后的今天才姗姗退去，留下疏离而失落的他们，四目相对，皆是惘然。

乔慢慢睁开眼，如同初醒的孩童般茫然地看着眼前的男人。

仿佛被这般纯净的眼神所感染，孟不自觉放轻声音："你醒了，乔。"

然而只是刹那，乔的眼神就被某种黑暗力量迅速占领，她的身体猛地缩成一团，瑟瑟发抖，她用苍老混浊的音色，吐出的却是少女时期刻骨的恐惧："你……你是谁？……我丈夫呢？他……他把我卖给你了吗……"

孟的心脏几乎停止跳动，原本整理好的思绪瞬间被击溃，他瞪大眼看着女人："……乔？"

乔无措地环顾四周："这是哪里……还在亚里波西对吧？是镇上吗……"

"乔……"

"不，不，不对……"乔的瞳孔骤然放大，浑身剧烈地颤抖起来，"我丈夫……我丈夫已经死了……还有阿陆……我的孩子……也死了……"她低头看着自己两只白净的手，抬起来，放到鼻子前嗅了嗅，自言自语，"他们都被这双手……杀了。"

不等他的回应，她猛地抬起头，似笑非笑地歪了歪嘴角："你看到我杀人了吗？你把他们埋了？"她突然凑近他，压低声音耳语，"你把我关在这里，也想让我伺候你吗？你……也想让我给你生孩子，还是说——你想让我杀了你？！"

伴随着骤然变得尖厉的声音，乔的双手突然抓向孟的脸，指甲刺破皮肉，然后用力掐住他的脖颈。

孟无法呼吸，他挣扎着用最后的力气掰开乔的手，猛地将她推开。

乔从床上重重摔下，然而她苍老的身躯仿佛不知何为疼痛，颤巍而又如凶猛的野兽般再度扑来："——杀了你！——杀了你！"

护士从门外拥入，迅捷地绑住乔。乔在众人手中奋力扭动，头发散乱，面容狰狞，凶恶而疯狂的眼神如子弹般射向孟。

孟看着失去心神的妻子，眼前是一个彻底的陌生人，甚至连人性都摇摇欲坠，如同一头嗜血的恶兽。

医生赶来，为乔注射镇静剂，她又继续挣扎了一会儿，终于再度昏迷。

"孟先生，您有没有受伤，检查一下吧。"医生说。

孟摇摇头："我要出院。"

"孟先生……"

"还有我妻子，也出院。"

"孟先生，您妻子的精神状况很不稳定，现在出院——"

"对，就是现在。"孟平静地看着不解的医生，一字一顿地说，"出院。"

乔把自己锁在卧室五天了，又或者是，孟把乔锁在了卧室?

孟锁死了别墅的窗户，乔不愿走出来，他就每天把食物放在门口。到下一餐再去时，食物大约会少一半，多的她不会再吃，仿佛她是他捡回来的流浪猫。

他不想让人知道她现在的样子，于是辞退了用人，亲自做饭——可他又怎么会做像样的菜，最后也不过是牛奶面包水果，但乔不会介意，她哪里还在意什么食物呢。

乔在门内曾经问过，他是谁。他能怎么回答呢，她已经完全忘记了他。她的脑中，连曾经为自己构筑的那个关于猎人与野兽搏斗而死的虚假记忆都已被遗忘，只留下了二十岁之前最痛苦黑暗的真相，此后余生里的种种际遇些许温暖以及执着的渴求，都已消失无踪，毫无意义。他最终平静地回答，说他是她的朋友。但她是不信的，她当然不信。

第六天的时候，孟端着千篇一律的面包牛奶走到卧室外，放下，转身离开。

房内传来异样的响动，孟打开门，看到乔悬挂在房梁上，凳子倒落在地。

孟冲入房内，一把抱住乔的身体，他将她颤抖的身躯从白色床单拧成的绳索中解下，她瘦弱得像是一片枯叶，白发垂落在他的臂间。

她奄奄一息，在重新吸入空气后，缓缓睁开眼。

她再次以那种纯粹的干净的眼神看着他，不确定地问："……我死了吗？"

他缓缓摇头。

失落涌上她的面容："……你是谁？"

"你的朋友。"

她摇了摇头，无力地说："你不是……你要是我的朋友……就该让我死去……"

他竭力遏制发抖的声音："为什么要死？"

她虚弱而安静地回答："我杀了人……我杀了我的丈夫……我的孩子……我是罪人……我应该死……"

他的手轻轻抚过她衰弱的面庞："你的罪是可以被宽恕的，乔……"

她微微牵动嘴角，似乎想要挤出笑容，然而却更像要哭泣："……宽恕？谁能宽恕我？神吗？我不信神……"她费力地吸了口气，脸色惨白如纸，"能够宽恕我的人……都已经被我杀了。"

她缓缓抬头，凝视这个环抱自己的陌生男人："如果你真的是我的朋友……就让我完成我的意愿吧。"

彻底的无力感笼罩了孟，他知道，此时的自己对她而言毫无意义，他说的话也对她没有任何影响。他沉默了一阵，开口："……你想过，怎么死吗？"

仿佛高兴于自己说服了别人一般，乔竟露出微笑："想过……其实我最想，死在海里。"

汽车行驶在通往海岸的公路上。

乔坐在副驾驶座上，穿着白色的大衣。出门前，在满满一柜子的黑色、灰色、咖色外衣中，她独独挑出了唯一的一件白色。

孟印象中的乔，是鲜少穿白色的。她喜欢黑色，黑色的高领羊绒衫、黑色的羊绒大衣、黑色的丝绸吊带裙、黑色的修身西裤、黑色的平底鞋……她把自己包裹在质地精良的黑色衣物中，像一个神秘高贵的符号，一个吸引闪光灯的女演员。

而此刻的乔，以六十岁的躯体活在二十岁的乔，她想清清白白干干净净地死去。

沉默像无声的约定贯穿了整段行程，而孟的脑子里骚乱的声音却仿佛即将爆炸。

——难道，他真的就要这样送她前往海边，目睹她死在自己眼前吗？

他想起许多次他们在海边的片段，他们并肩散步，他们在海风中努力地想要点燃香烟，他们在海岸上拍摄，又或者在海边交谈，模糊地提起过往。还有，他们也曾在海边撞破彼此的情人，然后若无其事地各自走开。

他又想起他们人生各自的开端，他在纸箱内看着头顶的星空，而她在破烂的家里听着炮火轰隆，他们那时的人生看起来似乎与海毫无关系，然后，五十年和六十年过去，他们选择了人生的终点。

也许当我死时，也该选择海作为归宿？他漫无目的地想着。没有墓碑，寻不到尸骨，就这样彻底地消失，不留下任何痕迹，不需要凭吊，不需要相守，死亡是终极的结束……是吗？

孟转过头看看乔，她靠在座椅上，安然入睡。

孟缓慢地将车停在路边，长久地注视熟睡中的乔。

就这样死去吗，乔，伴随痛苦，伴随绝望，仿佛这是人生唯一的模样。

他想起不久之前那恍如隔世的记忆旅程，乔用枪对准自己的面孔，扣动扳机，一枪，又一枪，她仓皇破碎，而又血泪交加。

孟重新启动汽车，掉转车头，向来时的方向驶去。

阴天。

不起眼的灰色建筑。

办公室内，孟看着邓，镇定地说："我要求继续进行实验。"

邓刚要开口，就被孟打断："我很清楚会有什么副作用——我会失去记忆，也许是所有的记忆，我会签署免责声明，一切后果由我自己承担。"

邓动了动嘴唇，最终似乎放弃了劝说，只是简单地问："为什么？"

孟看着窗外阴沉的天空，摇摇头，平静地说："准备实验吧。"

孟和乔再次躺在了实验台上，实验人员注射麻醉剂。孟侧过头，出神地凝望着他的妻子，他知道，这也许是最后一次以这样的记忆望着这个女人了。当下一次醒来，也许，他将再也认不出身边的女人是谁。又或者，他可能连再一次醒来的机会都变得渺茫。

邓说，还没有人真正见过实验副作用会带来怎样的变化，在此前的动物实验中，超过时间临界点的动物们变得与此前的习性很不相同，似乎丢失了长久习得的惯性反应，只剩生物最初的本能。而孟，没有人能确切预测即将发生什么。

"……为什么？"空旷的实验室内，回荡着邓最后迟疑的提问。

孟只是笑了笑，然后闭上了眼睛。

始终没有得到答案的邓沉默了几秒，用微微颤抖的声音宣布："第三次记忆整合实验，第二次记忆建立实验，第一次记忆塌缩观察……开始。"

# Chapter 10

# 遗忘终至

"——我在度过了一半人生的时候成了半人。"

我睁开眼，发现自己站在演讲台上，台下是一排排座椅，没有人。

……没有人。

我环视着这空荡荡的演讲厅，我记得这一幕，就发生在一个多月前，我的新书《半人》的朗读会，反响并不热烈，还有娱乐记者前来生事……然而此刻，他们都不见了。

我看着手中的书，上面白纸黑字印刷的字迹正在一行行消退，仿佛电脑屏幕上有一只看不见的手正在长按着删除键。

然后，我看到我的手——一双苍老的、布满皱纹的手。

我下意识松开手，书本应声落地，封面上的"半人"两个字缓慢褪色，一点点消失。

我的手……不该是这样的。

我已经习惯了此前进入记忆时，那个停留在二十几岁模样的自己，但现在，但现在……

我低下头，借着演讲台的玻璃平面看着自己模糊的倒影——不年轻的，五十岁的男人模样。

我悚然一惊，终于想到哪里不对——之前进入记忆时，我是作为旁观者看着记忆中的自己，而这一次，我成了记忆中的"我"……这难道是因为，我的意识已经开始侵占记忆，意识和记忆间原本泾渭分明的边界线已经搅乱？

然而我已没有时间去向邓求证，因为整个演讲厅开始像搭建的积木被一个个拆掉零件一般，眼前的室内面积在一块接一块消失，仿佛一枚正在被人吞噬的饼干，而我只是正中那粒小小的芝麻。

我的记忆就以这样可见的方式，在我眼前开始消失。

我不知所措，只能凭借本能向后台出口跑去，然而空间塌缩的速度很快追上了我的脚步，我脚下的地面被抽离，而我悬浮在真空一般的虚无中，四周的环境——椅子、墙壁、话筒、演讲台……分裂成无数碎片，与我同样地悬浮着，一动不动。

然后，黑暗如同初升的太阳一般缓缓照射进我的视野。

我猛地睁开眼，眼睛中瞬间灌入碧蓝的液体，然而，却感受不到真实的触感，也没有任何的呼吸困难，只有涟漪般的波纹荡漾开去。

液体之外，一个穿着白色制服的身影随着波动而起伏。

我意识到自己是躺在某片碧蓝的池水之中。

"……邓？"我喃喃自语。

然而，池边的那个人只是沉默地注视我，接着，水波突然剧烈地扩散开来，他的倒影碎裂成波澜。

"邓？！"我忍不住喊出声。

那随着水纹扭曲的面孔上竟露出漫不经心的笑容。

——再见。

仿佛遥远山谷回荡的钟声，邓的声音隐隐约约地传来，甚至不是自耳朵内听见，好像就这样在脑中激荡。

——再见。

这是来自现实世界的声音吗，还是……我记忆中的邓在向我告别？

我挣扎着挪动起身体，手臂破水而出，仿佛感受到某种引力，我的全身都被抽离水面，一头扎入深广的黑暗中。


再次睁开眼，漆黑。

用力闭上眼，再睁开，漆黑，但看得到这黑暗在流动。流动，且飘浮，是雾。

我伸出手向黑暗中拂动，仿佛雾气散开些许一样，眼前浓墨般的黑色变淡许多，我不知自己身处何处，只能伸手向着较淡的区域走去。

突然，黑暗中伸出一只手猛地抓住我。

我惊慌失措，奋力想要甩开，然而那手指却死死抠住我的手臂，指甲陷入皮肤。

　　一张苍白的脸孔从黑暗中闯入我的视野，一个女人，不，准确地说是一个女孩，黑色的长发，死人般僵涩的瞳孔，一动不动地盯着我。

　　"你……你是……"我想不起她是谁。

　　她不说话，沉寂无声，然而指甲却更深地刺入我的皮肤。

　　我突然意识到她想伤害我，甚至想杀死我，连忙拼命想要挣脱开，然而她却死死纠缠上来。

　　"你是谁？你是谁？！"

　　她停顿了一秒，张了张嘴，做出某个音节的口型，但发不出任何声音。仿佛被这个发现所震惊，她忽然愣住，停在原地，怔怔地看着我。

　　那张懵懂而无辜的脸孔似曾相识。

　　"你是……"我努力在记忆中搜寻着这张面孔。

　　丝丝缕缕的黑色雾气仿佛触须一样开始缠绕住她的身体，她惊恐地试图摆脱，将双手拼命伸向我。

　　我踉跄后退，看着她被弥漫的浓雾吞噬了大部分身体，只剩苍白的脸孔，嘴中一次次焦急地重复一个无声的音节。

　　最后，她放弃了，只是对着我，莫名地露出少女特有的羞涩微笑。

　　我终于想起她是谁，一个已经在我记忆中几乎被抹除的名字。

　　"琳……"

　　记忆中的琳，我学生时代唯一交往过的女友，那个被我当作布娃娃的女孩微微一怔，眼中迸射出恐惧的目光，继而被涌来的黑雾彻底吞没。

虚无仿佛某种有形的实体一般占领了我的身躯、我的头脑，我感到丢弃过往后的轻松，尽管这松弛中又隐隐携带无法形容的怅惘。意识与记忆的博弈毫无悬念，长驱直入，我的脑海中被一个不断扩张的信念所贯穿——找到乔……找到乔。

我在黑雾中拔足狂奔，曾经沉重衰弱的躯体仿佛焕发新生，步履矫健。我在变得年轻，不，更确切地说，是我的记忆因为忘却了年老的自己，而形成了年轻的虚影。

在我大步的奔跑中，周身的黑雾不断驱散，影影绰绰的街道逐渐显出轮廓，直至整个城市空旷地包裹住我，落日余晖在地平线处描摹金色边缘。

在遮天蔽日的寂静中，大提琴的旋律轰然响起。

我转过身，看到在十字路交叉的中心，言，我记忆中的情人，依然穿着那身妥帖的绿色丝绸礼服，束着整齐的长发，娴熟地拉动大提琴。

这本该出现在音乐厅的一幕，奇异地嫁接到了空无一人的城市街道中。言浑然不觉，依然专注而神采飞扬地演奏着，夕阳代替了人造灯光，辉煌夺目，正如我初见她时那般。

我静静地又一次听着《G大调第一号大提琴组曲：前奏曲》，我知道，这是在做最后的告别。

我已经想不起现实中的言，已经不再年轻的言，在解除了与我的关系之后去了哪儿，和谁在一起，这些散乱的信息已经随着那个被遗忘的衰老肉身一起消逝，对此刻的我而言，也许现实的世界已不再有意义，而我身处的这个世界，这个世界里的人，也在不断远离。

我动了动嘴唇，想要说什么，可终究还是沉默。

都过去了啊，情人的关系也好，肉体的欢愉也好，那些提供我短暂逃避的堡垒，都成了时间长河中的一个个沙堆，千疮百孔，随波坍塌。

时光穿越每一个人，也裹挟每一个人，而每一个人所经历的那几十年光阴，最后的终点仍然只指向自己。

偌大的记忆中的城，在大提琴的旋律中有条不紊地消逝，夕阳的余晖照拂过每一幢建筑，那建筑的轮廓便溶进耀眼的光辉中，然后是马路、是天桥、是人行道……光芒像饥饿的孩童蚕食而来，最后，我和言所在的交叉路口成为光海中的孤岛。

言沉浸在演奏中，仿佛察觉不到我的存在。

也许，在我的记忆中，这个女孩永远都停留在了这一刻。

光线抚上她绿色的裙角，一点一点向上攀爬，继而跨越到大提琴的表面，所到之处都柔和地擦除存在的痕迹，一笔一画，一丝一缕。

言消失在光芒中。

继而，旋律戛然而止，光填满了我的眼球。

"你不认为像我这样度过一生，也是一种快乐吗？"

毫无来由闯入的他人的声音令习惯了长时间寂静的我有些不适，而这声音如此熟悉又如此陌生，我甚至用了好几秒，才想起这是我父亲的声音。

然后，眼前，我的父亲像是凭空就这样坐在我的对面，以他离开这个国家时的苍老模样。

我怔了片刻，直到身体不断地晃动才令我缓过神，发现自己坐在行驶的火车车厢中，除了我和父亲，没有任何人的痕迹。

我端详起久违的父亲的面容。在现实世界里，自从他与黎离婚移居海外后，我就再没有他的消息，也很少去想起他，以我五十岁的年纪，我的父亲恐怕已经死在异国他乡，要么也是离这个结局不远。

也许是因为记忆中的偏差，眼前的父亲在苍老中时而又恍惚地现出中年时风流倜傥的痕迹，一个老去的浪子，一个陌生的父亲。

我的父亲在我生命中仿佛是缺席的，哪怕他也曾零星点缀在我的成长岁月中，但他除了遗传了我一副皮囊和令我成为黎的继子之外，再没有留下更多的痕迹。在我书写的所有书里，"父亲"这个角色始终面目模糊，始终游离于主人公的世界边缘。

而现在，我竟然是在自己的记忆中，与头脑中构建的父亲的幻影进行人生头一次深入的交谈，这荒唐讽刺的一幕，却因为遗忘将至的倒计时，而变得郑重其事。

"你不认为像我这样度过一生，也是一种快乐吗？"父亲重复道。

"也许吧，也许你是快乐的，如果不快乐，你也不会终生热衷于这个轮回。"我直视着他的眼睛。

他饶有兴味地看着我："那么，你为什么不选择像我一样生活呢？你继承了我的外貌，也许比我更加聪明，富有才华，并且比我年少时拥有多得多的物质，你若成为我，获得的快乐也将更多。"

"不，会这么想的你，对我而言，正是你生而为人的可悲之处。"我平静地说。

"可悲？"

"因为你不能理解，人与人获得快乐的方式是可以完全不同的，将

181

有限的生命用于追逐情场的征服和肉体的欢愉可以是一种快乐，或者是追逐金钱、名誉、荣耀、学识、创造力、感情……都可以获得欢愉，都可以给人带来快乐。或者放弃追逐，也可能带来另一种快乐。甚至于，不寻求'快乐'本身，也是一种选择。在芸芸众生都将行走出的无数条人生道路上，除了生与死作为共同的开端和必然的终点之外，没有什么终极答案。但大多数人，都将大多数人会选择的道路作为了标准模版，这是他们的悲哀。而你，我的父亲，你其实并不属于大多数人，你有一种罕见的不自知的纯粹，你的悲哀不在于从众，而是在于你误以为自己走出的路比别人的更高明。"

父亲怔怔看着我，仿佛想不出什么话来反驳。

我微微笑了笑："但我并不是在指责你，父亲，甚至于说，某种意义上，你是值得羡慕或者说是钦佩的。这种钦佩不在于作为男人征服了多少异性，而是作为人，作为贪婪而又胆小、激进而又迷茫的人类中的一员，你却可以终生遵循自己最深的欲望，坦然而热衷于不断填补这欲望的鸿沟，以至于在面对所有人类共同的结局——死亡——之际，在绝大多数人都对过去抱有遗憾、后悔的时候，你却可以说出，我的一生，都在过自己想要的生活，我没有遗憾。仅仅能说出这一句话，你便是罕见的，哪怕这种'纯粹'不被大多数人所接受。"

"那么你呢，你是那种所谓纯粹的人吗？"父亲问。

我想了想，摇头，然后点头："我曾经是，然后不是，而现在我要做的，也许是回归某一种纯粹。"

"我不明白。"父亲不解，他侧过头看着车窗外的风景，又转过头，突然说，"可是时间快到了。"

"是啊……"我已经感受到火车的震动越来越剧烈。

"看来我永远无法像你理解我一样去理解你了。"父亲微笑着说。

"这不是什么遗憾，因为现实里我的父亲并不知道这一切，而我记忆里的你、我的父亲、你，以及我们的这场谈话，都即将被我遗忘。"

父亲缓慢地抬起右手，冲我挥了挥。

然后，火车就这样径直贯穿进一个空旷的大厅中，我的身体凝固在了原地，火车载着父亲，仿佛从我的身体内穿过，继而不断远离。无声的轰隆与稀释的震动，父亲远远地说了一声："再见。"

再见。

我转过头，大厅上方巨大的水晶吊灯不再流光溢彩，而是照射出苍白冰冷的光线，大厅里没有乐队，没有三角钢琴，没有浓妆艳抹的歌伶，当然，也不会有如云的看客。椭圆形的舞池里，只有一对男女在寂静中相携跳着华尔兹，他们一圈又一圈不知疲倦地舞动着，脸上依然戴着镶嵌有宝石和羽毛的浮华面具，像音乐盒上的小人，只是在机械的操控下重复无意义的舞姿。

"孟！"清脆的女声突然从那女人嘴里冒出，她停住脚步，扔下舞伴，摘掉面具，这个剪着如小男孩般短发，却又穿着女性化十足的礼服裙，风情万种的女人，简，大步向我走来。

她走近我，露出标志性的富有挑逗意味的笑容："你来了，和我跳舞吧。"

　　我抬头看不远处被她撒下的男人，他也摘下了面具，面孔却是一团氤氲，仿佛只是我记忆中的一个道具。他转过身，走出舞池，很快消失无踪。

　　简握住我的手，试图将我带进舞池："来吧，这里没有人比你跳得更好了。"

　　"这里？"我哑然失笑，环顾无人的大厅。

　　"这里怎么了？这里不好吗？"简依然维持着魅惑的笑意，"你忘了吗，孟，你曾经和我一样，多么享受这里，以及这里代表的一切。"

　　我停下脚步。

　　简仰头看着我："你是我最好的情人，也是我最好的作品。"

　　"作品？似乎我才是写作的那个人吧？"

　　"是啊，你造就一个个故事，而我造就了你。"她情绪昂扬地说，"是我发掘出你的才华，是我将你包装为众人追捧的偶像，是我帮助你结交社会名流，是我将你推向电影改编，推向更大的舞台，而对于这一切，你曾经甘之如饴。"

　　"但你也从中获得了你想要的东西，不是吗，攀爬名利场的资本，结交富豪情人的机会，对此甘之如饴的是你吧。"

　　"所以我们不该继续下去吗，继续徜徉在这名利的洪流中，被众人托举上至高的浪头，如果你在追寻所谓的'纯粹'，那么追逐名利，这难道不也是一种壮丽而迷人的纯粹吗？"简激动地说。

　　我看着这个不畏惧将欲望赤裸坦承的奇异女人，平静地说："简……只存在于我记忆中的简，你的经历无法像现实中的简那样完整，所以你注定不会知道，没有波浪是凝固不动的，每一个高高昂起的浪头，都有下落并被新的浪头所覆盖的时候。"

然而对于我的忠告她毫无惧色："那又如何？你说了，我是你记忆中的简，我的世界边界就是你记忆的尽头，在这个世界里，'波浪'就是静止的。我将永远以这样年轻的面目存在于名利的巅峰，只要你的生命不终止，这个静止的世界便是相对意义上的永恒，这不正是记忆存在的意义吗？如果你承认你曾经陶醉于名利交织而成的温柔乡，那么为什么不回来，不留下这些记忆，不留下我？"

我沉默了一阵，伸出另一只手，将简握住我手臂的那只手拿开："你是无法理解的，简，记忆可以被淡化，或者被美化，甚至也许可以被更改，但记忆里的人是不会成长的，而现实中的人会。你所知道的我，已经不是此刻的我了。"

"那此刻的你是什么？"简突然不屑地冷笑，"一个为了拯救可怜妻子不惜自我牺牲的伟大丈夫？一个存在于自我脑海中的英雄？一个无人知晓的救世主？"

我没有回答，而是转过身，向舞池边缘走去。

简上前拉扯住我，有些歇斯底里地叫起来："回答我，孟！现在的你是什么？！你为什么要这么做？！"

我顿住脚，转头看着简疯狂的神色，不为所动："对不起，简，应该听到这个答案的对象，不是你。"

简愣住，慢慢松开双手。

她站在舞池中，似乎无法迈出这个椭圆的囚笼。

她忽然开口，语气里是前所未有的冷清："孟，被你遗忘的这些过去，即将被你遗忘的我，之后会存在于哪里呢？"

"我不知道。"我后退一步，跨出舞池，"也许是一个未知的世界，也许是消失，也许……是彻底地清除。"

简不再说话，也没了表情，她转过身背对我，我只看得到她瘦削的脊背和短短的发尾。

"再见，简。"我低声说。

大厅上方的水晶吊灯缓缓裂为万千晶莹的碎片，反射出千千万万简的背影，然后向着虚空分散而去，仿佛天顶破开洞口，炽热的阳光照射进来代替了冰冷的灯光，我沿着那阳光往前走去，大厅再没有踪影，一望无际的葡萄园将我包围。


我站在葡萄架隧道的一头，看向尽头处山丘上那幢小小的房子，我记忆中的姑妈、姑父和我的表哥——曾经的未来葡萄园继承人——都在里面，宁静松散地生活着。

他们没有像记忆中的别人那样，面对面出现在我眼前，我想是因为他们太久远了，久远得就像远处的风景，已经无法走近，而葡萄园代替了他们，成为我脑海中比他们更加鲜明的印记。

我走在葡萄架当中，土地和混合着葡萄香甜气味的微风依然是熟悉的，明晃晃的日光也是熟悉的，然后，水流开始从四面八方涌来，不紧不慢地浸湿土地。水面渐渐覆盖住我的脚面，随后淹没至膝盖、腰部、肩膀……

我心中没有畏惧，身体自然地漂浮在水中，水面异常透彻，我清晰地看着水面下被淹没的葡萄园，仿佛生长在海中的珊瑚丛与海草，在粼粼波光中，随着水流摇曳摆动。

　　起风了，波浪层叠，将我推往未知的境地。

　　视线中的葡萄园在我身后，不断变小，直到再也看不见。

　　我的身体重新接触到柔软的地面，是沙滩。我用手支撑起身体，发现手掌比此前变小了，大约在抛弃了更多的记忆之后，我由青年变成了少年。

　　此时，我身后是无边无际的海面，而眼前，近乎洁白的海滩上，黎在等我。

　　终于，还是到了她。

　　那些在"孟"这个男人生命中留下印记的人，一个接一个被遗忘，而之于他最重要也最无法忘却的那个女人，也在所有人之后，迎来这最终的诀别。

　　我站起身，走向记忆中的黎。

　　黎穿着白色的裙子，仿佛要与沙滩融为一体，她看着我，露出不真切的笑。她开口："孟，你真的要忘记我吗？"

　　她始终知道如何简单直接地击中我。

　　我当然明白，这一个黎，并不是真正的黎。现实中我的继母，已经死去。眼前的黎，与我借由笔墨创造出的那一个个换着不同名字的女人，与乔在电影里扮演的那些面目相似的女人，没有本质上的区别。

　　可是这一个黎，她来源于我的记忆，雕琢于我的幻想，她太了解我，她比真正的黎更像"黎"，她比真正的黎于我的意义更加重要。

　　她看穿了我意志的波动，浅笑着说："你已经忘记了很多，忘记了亲人朋友，忘记了此生经历的锦绣荣华，你最后还要忘记我吗？忘了我，你将只剩下童年的荒凉记忆，一个私生子，没有父亲，没有母亲，你将永远停留在那个世界里。你不害怕吗？"

"怕，我很怕。"

她握住我的一只手，举到她的脸颊旁，轻轻摩挲："那就停在这里吧，停在只有你和我的世界。"

我沉浸于抚摸她肌肤的触感，那是我从第一次看到黎，到她死去，都求而不得的。

我小心翼翼地感受这似幻似真的触觉，生怕稍微用力，就会将之损毁。

黎眼含温情地注视我，再次询问："你也想停下来的，是不是？"

我慢慢点了点头，然后说："可是，这不是真实的。"

"真实有那么重要吗？如果真实重要，你又为什么宁愿损毁自己的记忆，也要让那个女人的记忆改变，你明明知道即便记忆改变了，发生过的就是发生过，不会因为记忆而改变现实。"

"过去已经发生的事是无法改变，但是改变记忆的话，可以改变的是未来。"我说。

"对一个六十岁的人而言，未来，有多少可以改变的余地，又有多少值得改变的价值？"黎冷漠地说。

"是，对于现实世界，对于社会，一个六十岁人的未来的确无足轻重。但对这个人自身而言，对于乔，这样的改变会颠覆她的一生。"

"可连她自己都已经放弃了人生，选择死亡，为什么你还要执意改变她，为什么这个人一定要是你？"黎不甘地追问。

　　我知道，我终将面对这个问题。所有人，无论是现实中的，还是我记忆中的，都在追问我相同的疑问，我没有回答。可是，在黎面前，在我记忆的最深处，我知道自己必须说出答案。

　　"在乔的记忆里，她和我说，我们都是自出生以来就拥有太少的人，而你，黎，你是我们憧憬的彼岸，或者说，你是我们补全破碎自我的方式。她的话曾经让我怀疑，我对你的感情到底是什么，所谓的'爱'又是什么？你的存在缠困了我一生，我虽然为之痛苦，却知道这是我自己做出的选择，这几乎成为我五十年人生中最清醒最自由的一次选择。而我的出生，我被亲生母亲抛弃，我无法选择；我成为你的继子，我无法选择；至于后来，我写书，攀爬名利圈，与乔结为夫妻，看似是出自自己的意愿，但后来我知道了，那只是因为对你的执念。然后我就这样浑浑噩噩到了五十岁，似乎开始听到了生命的倒计时，我突然意识到，生而为人，我竟然只做出过一次真正的选择，就要这样随波逐流，直到被时间的河流彻底淹没。而我的妻子，乔，她终其一生，都不曾有过真正的自我选择的机会，她被命运操控，被负罪感折磨终生，她所做出的每一个选择，都如此痛苦如此绝望，即便她现在选择死亡，也是被命运所迫，被负罪感击垮。我不想看到乔这样死去，我想改变她的命运，我想让她的未来有更多选择，我想让她真正感受一次生而为人——不被负罪感终身囚禁的自由之人——究竟是怎样的体会。而这，完全出自我的意志，是我人生中第二次做出的真正的选择。"

　　"你只不过是在同情她。"黎仍不理解。

　　"如果只有同情，我会选择停在这里。"我注视着黎，注视她的每一缕发丝、每一根睫毛，注视她的眼、她的唇。我知道无论再怎样看，

189

只要我选择继续往下走，我所深爱的这一切，都注定被彻底遗忘，但是我仍然想要将她的面容更深地刻入脑海。无法抑制的冲动令我伸出双手，拥抱黎。

　　从我十岁开始，我幻想过无数次拥抱这个女人，带着禁忌，带着耻辱，带着罪恶感却又无法控制地幻想，当然从未付诸行动。然而，在记忆的尽头，当我以这种方式与折磨我一生的情感坦然相拥时，我感到前所未有的释然。

　　我俯在黎的耳边，低声说："我爱你，黎。从小到大，我始终无法直视这种感情，我觉得这不配称为'爱'。可是爱究竟是什么呢？是固定的吗？是统一的吗？是有什么标准的吗？现在我可以坦然地说，我觉得不是。我终于可以不再在意世俗的想法，也不在意自己内心被教化出的规则，我对你的感情，无论这是不是所谓的爱，但我的语言中只有这三个字可以表达这种感情，我爱你。"

　　黎抬起头，凝视我的眼睛，瞳孔中燃烧出灼灼火焰："那你对乔呢？"

　　我直视她，坚定地说："我爱乔，我爱上了乔。但是，不是一个男人对一个女人的爱，而是一个人，对另一个人的爱。我像爱另一个自己那样爱乔，我像爱世间万物本身那样爱乔，我像爱生命那样爱乔。"

　　黎眼中的火焰熄灭了，仿佛蜡烛燃烧后残留下的烛泪，她的眼眶中溢出泪水。

　　我低下头，亲吻她的唇。

　　她的泪水沾湿了我的脸。

　　她推开我，一步一步向着海中走去，白色的背影带着我的整个人生记忆，走向遗忘的海洋。

黎……

黎。

我站在海岸上，目送这场与记忆的诀别。

天空开始下雪，纷扬的白色雪花坠落海中，渐渐地，黎已经远得极小的背影与雪花混杂在一起，再也分辨不清。

海岸上积累起深及小腿的雪层。

我知道，抛却绝大多数记忆之后，我不断增强的意识终于连通了乔的记忆，我即将接近目的地。

我转过身，参天树木在我眼前，亚里波西的边境森林，乔，就在其中。

森林中的夕阳依然血红，我一步步小心地走着，避免发出声响，双耳仔细倾听，不敢错过任何声音。

突然，遥远处一声清脆的枪响，继而不远处传来一丝细微的啼哭。

我浑身一震，大步向着那哭声的源头跑去。然而几步之后，原本到达小腿的雪层却变成了及膝深，我意识到我变得更加年幼，伸出手看，手掌竟然变成了孩童般大小。

焦急与不安瞬间涌上我的头颅，我害怕这个模样下的自己无力改变记忆，更怕记忆再流失下去，我是否会连最终的目的都一并遗忘？

我疯狂而又艰难地行进在雪地上，穿越重重雪林，那个灰色的身影跪在地上，双手正颤抖地伸向雪地上的襁褓。

二十岁的乔，即将杀死自己的孩子。

我用尽全身力气从背后扑上去，抱住乔的后背。她惊恐地转身，却看到一个陌生的小男孩死死抓住自己。

她拼命想要挣脱我，而我不能让她有机会再次动手。寂静的森林中，我们仿佛要将对方逼上绝路，却不敢发出任何声响。因为真正的绝路，孩子的生父，猎人阿历克赛，正提着猎枪循声而来。

我几乎已经能听到沙沙的脚步声，乔的脸上显示出彻底的恐惧与绝望，她死命踢开我，向那襁褓中气息微弱的孩子扑去。我已无力阻止她，情急之下，我看到她腰后别着的猎刀，猛地伸手夺来。

乔停止了动作，转过身，乞求般地看着我，双眼涌出泪水。

我迅速将刀捂在怀中，转身就跑。

乔愣愣地看着我，然后仿佛散架的玩具一般，瘫坐在襁褓旁边，一动不动。

猎人走近了，我已看到他在树丛后的隐约身影。我连忙躲在一棵大树之后，屏住呼吸。

猎人显然看到了他出逃的妻子与心爱的儿子，他大步冲过来，将瘫坐在地上的乔一脚踢翻，跪下来抱起孩子，孩子的睫毛上结满白霜，没有气息。

猎人眼中涌出泪水，他小心地放下孩子，然后将猎枪扔在一边，转向女人，如尸体般躺在雪地中的女人。

猎人向着乔的身体狠狠踢去，乔发不出任何声音，蜷缩成一团，然而等待她的，是无数疯狂的拳头，带着最刻骨的仇恨，倾泻向她虚弱的身体。

我无声无息地从树后走出，靠近猎人身后，两只孩童的小手握住巨大的猎刀，向着他后背竭尽全力地捅去。

猎刀沿着皮肉插入跃动的心脏。

猎人猛地转身，将矮小的我打倒在地。他难以置信地看着我，一个陌生的小男孩，但他很快反应过来，将手伸向地上的猎枪。被打得鲜血淋漓奄奄一息的乔仿佛回光返照一般，她猛地跃起，用身体压住猎枪。猎人的伤口不断涌出血液，他疯了一般地想从乔手中夺过猎枪，双手抓住枪柄，用惯力将枪托重重砸向乔的脸。然而乔用手死死抠住枪托，脸上竟然露出同归于尽般的笑容。

在他们争夺之际，我趁机爬起，再次扑向猎人的后背，将猎刀猛然抽出。一股血流从猎人破开的血洞中喷涌而出，我握住猎刀，再次向那血洞捅去，更深，更用力，直至刀柄从猎人胸前贯穿而出。

猎人用最后的力气将我打倒，他从几乎已失去知觉的乔手中夺过猎枪，艰难地举枪，上膛，对准地上的我。

我看着漆黑的枪口，记忆在此时再一次塌陷。

我即将忘记自己要做什么，为何在这里，甚至忘记我是谁。

我绝望地闭上眼，等待命运的落幕。

"砰——"

枪响。

耳旁的雪地被子弹击穿。

然后是轰然倒地的声音。

漫长，漫长得仿佛一生的几秒钟。

我慢慢睁开眼，猎人倒在我前方，瞳孔里最后一丝光亮消逝，成为两团漆黑的氤氲。

血液将一大片雪地浸染得通红，日落后蓝灰色的天空在极远的地方俯视我。

我为什么在这里？

我是谁？

我转过头，近在咫尺之处，一个血流满面的年轻女人躺在雪地上艰难地喘息，也侧头看着我。

寂静的森林里，一个十岁的男孩和一个二十岁的女孩，躺在鲜血浸染的雪地中，侧目相望。

我们相互凝视对方，仿佛初见。

然后，不远处，微弱的、细细的婴儿哭声断断续续响起。

我的脑海中仿佛初生一般全然地空白，但这白色中隐隐浮现出一行字，仿佛咒语：

"我在度过了一半人生的时候成了半人……"

男人睁开眼。

女人睁开眼。

雪白的天花板。

他们无知无觉地看着房顶，然后，似乎感觉到旁边人的存在，他们缓慢地侧过身。

男人眼中，一个六十岁的苍老女人用茫然的眼神看着自己。

女人眼中，一个五十岁的苍老男人用纯澈的眼光看着自己。

他们相互凝视对方，仿佛初见。

女人眼中涌出泪水，她虚弱地张开嘴，哽咽地喃喃："孩……子……"

男人眼中涌出泪水，他用力地张了张嘴，含混地吐出两个音节：

"妈、妈。"

# 遗忘将至

ZUI Book
CAST

作者 \ 李茜

出品人 \ 郭敬明

项目总监 \ 痕痕

监　制 \ 毛闽峰　赵萌　李娜

特约策划 \ 卡卡　冯旭梅

特约编辑 \ 孙宾　张明慧

装帧设计 \ ZUI Factor（zui@zuifactor.com）

设计师 \ Fredie.L

内页设计 \ 曹欣

封面插画 \ 熊小熊

出品 \ 上海最世文化发展有限公司

官方网站 \ www.zuibook.com

平台支持 \ 最小说　ZUI Factor

**图书在版编目（CIP）数据**

遗忘将至 / 李茜著. — 长沙：湖南文艺出版社 .2017.7
ISBN 978-7-5404-8131-5

Ⅰ.①遗… Ⅱ.①李… Ⅲ.①长篇小说—中国—当代 Ⅳ.① I247.5

中国版本图书馆 CIP 数据核字（2017）第 125031 号

上架建议：悬疑·爱情

YIWANG JIANG ZHI

# 遗忘将至

**作　　者**：李　茜
**出 版 人**：曾赛丰
**出 品 人**：郭敬明
**项目总监**：痕　痕
**责任编辑**：薛　健　刘诗哲
**监　　制**：毛闽峰　赵　萌　李　娜
**特约策划**：卡　卡　冯旭梅
**特约编辑**：孙　宾　张明慧
**营销编辑**：杨　帆　周怡文
**装帧设计**：ZUI Factor（zui@zuifactor.com）
**设 计 师**：Fredie.L
**内页设计**：曹　欣
**封面插画**：熊小熊

**出版发行**：湖南文艺出版社
　　　　　　（长沙市雨花区东二环一段508 号 邮编：410014）
**网　　址**：www.hnwy.net
**印　　刷**：大厂回族自治县聚鑫印刷有限责任公司
**经　　销**：新华书店
**开　　本**：880mm × 1270mm 1/32
**字　　数**：148 千字
**印　　张**：6.5
**版　　次**：2017 年 7 月第 1 版
**印　　次**：2017 年 7 月第 1 次印刷
**书　　号**：ISBN 978-7-5404-8131-5
**定　　价**：32.80 元

质量监督电话：010-59096394
团购电话：010-59320018